E.M.

grumets

Àngel Burgas

E.M.

Nova incorporació al club de la cistella

laGalera

Primera edició: juny del 2020

Disseny de la col·lecció: Mariano Rolando
Realització de la coberta: Endoradisseny
Fotografia de la coberta: @Theastock/Shutterstock.com
Maquetació: Endoradisseny
Fotografia de l'autor: Antònia Gázquez

Edició: David Monserrat
Direcció editorial: Ester Pujol

La Galera és un segell del Grup Enciclopèdia
Josep Pla, 95 – 08019 Barcelona
www.lagaleraeditorial.com / lagalera@editorialgalera.com
facebook.com/editoriallagalera / twitter.com/editorialgalera

Imprès a Límpergraf

Dipòsit Legal: B-3.208-2020
Imprès a la UE
ISBN: 978-84-246-6738-2

Índex

A l'Arnau Cristina

1
463 Whats

La tornada al col·le després de les festes de Nadal sempre es feia feixuga. Tots havíem gaudit, però ja en teníem prou, de dinars, sopars i celebracions en família. Jo me l'estimo molt, la meva família, però durant el període nadalenc hi ha una saturació de contacte, i no pel fet de passar més estona que mai junts, sinó per haver de repetir sempre les mateixes activitats: anar a dinar a casa dels uns, rebre regals a casa dels altres, festejar la parafernàlia de l'amic invisible sempre amb uns tercers, i planificar degudament l'agenda perquè tot quadrés com havia quadrat sempre. Però, la sensació de despertar-se sense pressa, o d'anar a dormir sense mirar l'hora, o de no obrir els llibres de col·le per a una feina urgent... tot això s'enyorava molt el dia 8 de gener, quan la mare et sacsejava sense miraments perquè et llevessis i, mig somiant, el temps indefinit es transformava en un rellotge en blanc i negre que marcava els minuts per arribar puntual a l'escola el primer dia de classe. Un rellotge enorme i pesat que transformava les seves agulles de ferro en braços que t'arrabassaven els llençols, i t'empenyien fora del llit...

—Martina! Que t'has tornat a adormir! Però tu saps quina hora és? Vols fer el favor de posar-te dempeus i entrar a la dutxa?

Aquell dia començava el segon trimestre de segon d'ESO. Mentre esmorzava de pressa i corrent, vaig preguntar-me si tenia ganes de retrobar-me amb els de la colla. A la majoria no els havia vist durant les vacances, perquè la meva família les passem a la Garrotxa. Havia estat al cas de les seves vides, això sí, perquè havíem fet un grup de whatsapp del qual, en més d'una ocasió, vaig estar temptada de sortir-ne. Les converses acostumaven a ser tan caòtiques com ho eren quan ens trobàvem cara a cara sota la cistella de bàsquet de la pista del col·le. Un dia, esgotada d'aquell no parar de monosíl·labs, emoticones i anades d'olla, vaig proposar-me un repte: podria aguantar set hores sense mirar els missatges del grup «Club Cistella»? I ho vaig aconseguir, perquè soc disciplinada de mena. 463 whatsapps en sis hores i trenta minuts (m'atreveixo a apostar que haurien superat els cinc-cents si hagués respectat el període pactat). 463. Quan ho vaig explicar a la mare, va dir que ens havíem tornat bojos.

—No vosaltres —va precisar—. Tothom. La societat s'ha tornat completament idiota.

A la meva germana Sònia, en canvi, no la va sorprendre gens ni mica. Tot i que ja té vint anys, la seva generació també està enganxada al mòbil i a les xarxes.

—El que no entenc és que el grup es digui «Club Cistella». No era aquest el malnom que us havien posat els brètols de la classe? Com és que ara us anomeneu així?

Tenia raó. Feia més d'un any que havíem creat el club, i no ens havíem posat cap nom. Com que ens reuníem a l'hora del pati al voltant d'una cistella de bàsquet, els imbècils que es riuen de nosaltres ens van batejar així i nosaltres, evidentment, vam rebutjar aquest nom. Però durant el trimestre anterior, i per poder participar en els preparatius de la festa de Nadal a l'escola, vam haver d'omplir una fitxa, i la Marga, sense pensar-s'hi gaire, va escriure «El club de la cistella» i va signar. Mai ningú fins aleshores havia escrit aquelles cinc paraules. Mai les havíem fet servir i mai ens hi havíem sentit identificats, especialment perquè pensàvem que era un malnom i que se l'havien inventat uns imbècils. Per què ho va escriure la Marga? Per què cap dels altres va posar el crit al cel? Per què, setmanes després, vam batejar amb aquestes paraules el nostre grup de whatsapp? Misteris que no tenen explicació.

El club el formàvem tretze persones. Ara bé, hi havia diferents punts de vista sobre aquesta qüestió: segons a qui preguntessis, el nombre de socis variava, perquè alguns consideraven que entre aquestes tretze persones n'hi havia unes quantes que no eren exactament membres del club. La Vanesa, a qui la majoria continuava anomenant Pajarica (perquè abans ni piulava, tot i que ara xerrava pels descosits), havia convidat a entrar al club dues amigues seves sense demanar-nos permís a la resta. Ella al·legava que ho havia fet durant el període en què va ser presidenta del club (un període breu i ambigu) i que, per tant, les dues amigues eren sòcies de ple dret. Una era la Brackets, que a més de lluir un corrector dental aparatós que la feia papissota, tenia una especial aptitud per ballar. Era baixeta i lletja com un pecat, amb no sé quantes diòptries a cada ull, però es contorçava tota ella com la reina del Reggaeton. L'altra, la Croma (per Cromagnon), era tot el contrari: alta, grossa i talossa, tenia cara de neandertal i era tan empàtica com un ase. Els nois no s'avenien a acceptar aquells espantalls al club, i insistien que prou havien consentit admetent la Vanesa.

—Quina mena de club volem? —es lamentava l'Àlex—. On vols que ens presentem amb aquestes dues pallasses?

L'Àlex tenia una tírria especial envers la Pajarica i tot el que deia o feia. Fins i tot la mida de les seves ungles llarguíssimes el treia de polleguera. No la suportava ni en pintura, i sempre ens retreia que havia entrat al club l'any anterior fent servir l'engany i les males arts.

Qui tampoc era del tot acceptat era en Ferri. Era la nostra adquisició més recent i havia entrat al col·le el trimestre anterior. En Ferri tenia la facultat de treure de polleguera a tothom amb els seus monòlegs pretesament graciosos que deixava anar constantment.

—El tio no sé com s'ho fa —s'admirava en Tom,

un dels bessons—. O és un actor nat o està tocat del bolet.

En Ferri va confessar a l'Íker que era un fan dels programes tipus «El club de la comèdia» i que no parava de mirar vídeos de monòlegs d'humor a Youtube.

—N'hi ha uns quants que els he mirat tantes vegades que me'ls sé de memòria. Envejo la gent que es dedica a buscar l'humor fins i tot en les situacions més dramàtiques. Són els meus ídols, tio! —li deia.

La resta érem la colla de sempre, els del club des dels seus orígens: en Tom i en Jerry, que eren bessons es comportaven com dos adults assenyats que llegien el diari i parlaven de política, especialment en Tom; l'Íker, un amant del cine gore que deia que veia morts i que, segons els profes, era carn de psicòleg; l'Àlex, el meu amic de tota la vida; en Harry, que enguany repetia curs i que era un nen d'una deixadesa i manca d'higiene a prova de bomba; la Marga, que era mig francesa i tenia un pare pilot d'avions, i l'Assump, que havia entrat a la colla per ser la nòvia d'en Jerry. Finalment hi havia en Pau.

A en Pau sí que l'havia vist durant les vacances perquè va passar dos dies a la nostra casa de la Garrotxa. M'havia promès que vindria i ho va fer. Era massa difícil dissimular davant dels meus pares i la meva germana que no hi havia res entre nosaltres (era la segona vegada que pujava a la Garrotxa i, de tant en tant, amb qualsevol excusa, s'havia quedat a sopar a casa a Barcelona durant la tardor). En Pau i jo, que ens havíem fet un petó als llavis abans de Nadal, vam resoldre que, si finalment es decidia a venir a Montagut durant les festes, explicaríem als meus pares que teníem una mena de relació.

—Què vols dir amb «una relació»? —em va preguntar la mare quan, asseguts a sopar un vespre i quan jo ja havia parlat amb en Pau, els vaig demanar si podia passar uns dies amb nosaltres durant les vacances.

—Vull dir... que... bé, en realitat...

—Ja sortiu junts? És això el que vols dir? Que ja és oficial? —va preguntar el pare.

—Home, sortir sortir...

—Ets massa joveneta per pensar en aquestes coses, Martina. Només tens tretze anys —va dir la mare—. I en Pau ens cau bé, ja saps que ens l'estimem perquè és un bon nano. Però penso que en feu un gra massa quan insinues que manteniu una relació...

—No volia dir ben bé això...

—Però ho has dit! I et seré franca: estic d'acord que en Pau vingui un parell de dies a casa, però com un company de classe qualsevol. No vull sentir ni una sola vegada més que teniu una relació.

L'endemà va trucar la meva germana Sònia, que viu a Cardedeu, i em va preguntar pel meu xicot. Jo li vaig dir que no tenia xicot, i ella em va aclarir que la mare li havia telefonat la nit abans per explicar-li en primícia que, ja era oficial, jo tenia una relació amb en Pau. Una dona de paraula, la mare, vaig pensar.

En Pau es va comportar aquells dies. Els pares també. Ni l'un ni els altres em van fer sentir incòmoda.

Una altra qüestió va ser l'actitud dels meus oncles, que passaven les festes amb nosaltres al poble. La tieta Mireia, tan romàntica, estava encantada amb la notícia. Ella mateixa havia pronosticat durant l'estiu que en Pau i jo acabaríem com la Sandy i en Dani Zuko a *Grease*, i ara celebrava que el temps li hagués donat la raó. L'oncle Eusebi, que de jove havia estat un *heavy* amb grenyes que fumava porros, va agafar en Pau per banda i li va dir (o el va amenaçar) que tenia l'obligació de no fer-me patir mai; que jo era la seva neboda preferida i que no consentiria que cap marrec em fes desgraciada.

—El primer dia que et passi pel cap la idea de jugar amb els sentiments de la Martina, agafa la porta i esfuma't —li va deixar anar. I a continuació, després d'un silenci i una mirada penetrant, va reblar—: No m'agrada repetir les coses dues vegades.

Quan en Pau va tornar a Barcelona, vaig fer la prova que deia dels missatges de whatsapp que els de la colla es podien intercanviar en set hores. 463, qua-tre-cents-sei-xan-ta-tres. La diversitat de personalitats dels membres de la colla convertien aquelles converses virtuals en un guirigall digne d'estudi. Perquè si els bessons o en Pau eren nois intel·ligents i madurs per a la seva edat, en Harry i les noves incorporacions femenines pecaven de tot el contrari. I si a això hi afegim que la Brackets, a més de l'ortodòncia, du unes ulleres de cul de got perquè és molt curta de vista, i que en Ferri escrivia unes parrafades «pretesament» divertides que no s'acabaven mai, se'm va fer difícil de digerir, no havent-hi participat, la lectura d'aquells 463 whats...

Pajarica
Alguien quiere salir a dar una vuelta?

Croma
Yo Yo Yo Yo

Pajarica
Alguien mas?

Àlex
Como no saques a tu perro...

Croma
Jo no soc su perro, gilipolles

Pajarica
No tengo perro

Marga
Hem quedat amb els bessons per anar al mercat de Santa Llucia

Pajarica
Puedo venir con vosotros? Voy con una... amiga

Tom
No

Jerry
No

Brackets
JK sdx a Msrsro

Pajarica
Que dices? No te entiendo

Brackets
Ed qui nm vri lsa tecksd

Pajarica
No te entiendo

Brackets
No beo las texlas

Pajarica
Todavia no te han reparado las gafas, Lidia? Mañana sin falta tienes que ir al oculista

Brackets
Su

Assump
Jo tb aniré a Santa Llucia

Croma
Doncs nosaltres tb. Verdad Pajarica?

Pajarica
No me llames pajarica

Croma
Perdon Pajarica

Íker
Jo passo. Estic mirant pel·li per internet.

Pau
De sang i fetge?

Pajarica
Quien es Sangifetge? Que otra pelicula ha hecho?

Àlex
...

Iker
Jajajajajajaajajajaj

Pajarica
De que te ries, miramuertos?

La conversa surrealista s'allargava fins als 463 missatges. Aquell matí del 8 de gener, quan ja estava a punt d'entrar a l'escola, també em preguntava si no em feia una mica de mandra retrobar-me amb els participants d'aquells diàlegs singulars. En el fons, però, havia de reconèixer que eren els meus amics i que al seu costat em tocaria viure aquell trimestre llarg que estava a punt de començar.

La Pajarica m'esperava a l'entrada. Em va fer dos petons.

—*¡Quería ser la primera en saludarte, Martina! ¡Qué ilusión verte de nuevo!*

Li vaig preguntar com havien anat les festes i ella va dir que «regulín».

—*Ya te contaré luego* —va fer, tota misteriosa, quan va veure que la Marga, els bessons i en Pau s'acostaven a saludar-nos.

—Martina! —va exclamar la Marga—. Quan vas arribar? Jo vaig tornar ahir de París. Hi hem estat cinc dies! La propera vegada que hi vagi has de venir!

La Marga vivia a París abans d'establir-se a Barcelona i parlava el francès perfectament. A casa seva tenien calés i viatjaven molt (aprofitaven que el seu pare era pilot d'aviació per aconseguir descomptes o vols gratis). El món de l'aviació era el futur que jo desitjava per a mi, i ser la millor amiga de la filla d'un pilot d'avions em convenia d'allò més. Sempre m'ha apassionat el fet de volar i tot allò que té a veure amb les aeronaus i els aeroports. Quan al col·le ho van saber, la colla dels rucs em va començar a dir «Air Force One», que és el nom de l'avió privat del presidents dels Estats Units. Jo odio que m'anomenin així, però m'estimo més això que no pas «Croma» o «Brackets» o «Pajarica». A en Harry li diuen Harry i tampoc se'n diu (es diu Adrià), però s'assembla molt a l'actor que fa de Harry Potter al cinema. Se li assembla molt menys en el tema de la higiene personal, és clar. El nostre Harry és brut per naturalesa i per això la gent li va posar «Harry Porker».

—Nosaltres ja teníem ganes de començar l'escola —va dir en Tom—. Tants dies tancats a casa no ens prova. Ens agradaria poder viatjar tant com fas tu, Marga.

—Doncs fes guardiola i al proper viatge ens acompanyes, Jerry —va dir ella.

—No soc en Jerry. Soc en Tom.

La Marga confonia en Tom i en Jerry tot i que ja feia un any que els coneixia i els veia cada dia. De fet, la immensa majoria de les persones els confonen, perquè s'assemblen com dues gotes d'aigua. El problema era que en Tom s'havia mig enamorat de la Marga i feia tot el possible per cridar-li l'atenció amb l'objectiu de seduir-la, però la nena era incapaç de distingir-lo del seu germà i això el mortificava.

—I tu no vas mai a l'Equador per vacances, Vanesa? —li va preguntar en Pau a la Pajarica—. Que no celebreu el Nadal, allà?

—*Hombre, claro que lo celebramos. Pero en casa no*

hay plata para pagar tantos pasajes... A parte de eso, toda mi familia directa vive en Barcelona. En realidad...

La Pajarica no va acabar la frase i em va llançar una mirada carregada de significat que jo no vaig saber interpretar. Potser es referia a aquell «regulín» que m'havia dit abans i que encara no m'havia explicat.

—És increïble com has canviat, Vanesa —li va dir en Jerry—. Pensar que fa uns mesos ni piulaves... i ara xerres pels descosits. Vas dir que enguany provaries de parlar en català, però.

—*Lo intento.* Però *me* costa —va acceptar la nena.

—*Hello, hello, hello! Good morning, my friends!* —vam sentir una veu a la nostra esquena.

Era en Ferri. El nostre monologuista pesat utilitzava moltes paraules en anglès en les seves intervencions, potser perquè ho havia vist fer als humoristes de la tele. En Ferri va plantar-se davant nostre, va fer una reverència teatral exagerada i, molt en la seva línia, va disposar-se a deixar anar un dels seus rotllos, però en Tom el va aturar de seguida al·legant que no hi havia temps per a parrafades perquè eren les nou menys dos minuts i havíem d'entrar. El pobre Ferri es va desinflar com un globus quan, aturat com un estaquirot en plena reverència, va veure com el deixàvem amb la paraula a la boca i ens dirigíem cap a classe.

La Marga, els bessons, l'Àlex, en Ferri, l'Íker i jo fèiem segon d'ESO. En Pau, l'Assump, la Brackets, la Croma i la Pajarica feien tercer. La Brackets i la Pajarica en realitat repetien tercer (i la segona tenia la intenció absurda de repetir un cop més perquè l'any que ve poguéssim anar a la mateixa classe) i en Harry repetia primer. La professora de francès es deia Maëlle i havia estat la nostra tutora durant pràcticament tot el primer trimestre, però ara estava de baixa per maternitat perquè havia tingut una filla. El nou tutor de segon seria el professor d'educació física, l'Albert Carràs, que ens va rebre a les nou del matí per anunciar-nos-ho i advertir-nos que actuaria com un tutor estricte però proper, i que durant la primera hora de tutoria (l'endemà) ens exposaria què esperava de nosaltres.

—Ja us adverteixo que us canviaré de lloc. Tinc la meva pròpia filosofia sobre quina és la millor manera de col·locar-vos.

La Marga i jo sèiem juntes i em va doldre en el cor la idea que ens separessin. M'importava tres raves la filosofia de l'Albert Carràs. Vaig imaginar que em tocaria tornar a seure amb la Mireia Soler, la Tarta, que li diuen així perquè és queca. Molt bona nena, això sí, però avorrida com una ostra.

I només faltaria que m'asseguessin al costat d'un dels brètols de la classe. A segon en teníem tres. O millor dit, dos més un: l'Òscar Linares i en Tito Casona, i el líder, l'Enric Mitjà.

—T'has fixat que l'Enric no hi és? —va observar la Marga.

I efectivament, no hi era. Sense ell, els altres dos passaven molt desapercebuts, perquè no eren res sense el seu cap. Sumant els coeficients de l'Òscar i en Tito no arribaven ni a la meitat del de l'Enric, que malgrat ser un cafre i un imbècil, tenia un do natural per caure bé a la gent. Intel·ligència emocional, en diuen. D'intel·ligència intel·lectual, la de tota la vida, n'anava tan mancat com els seus col·legues.

—No tindrem la sort que els seus pares l'hagin canviat de col·le —va fer la Marga.

El tutor també ens va parlar d'un «projecte de centre» que consistia en estretir la relació entre les diferents franges educatives.

—Per això, aquest trimestre posarem en pràctica una idea que la professora Pili de primària té al cap des de fa temps i...

—Qui és la professora Pili? —va preguntar en Tito Casona.

—Abans que res, senyor Casona —va dir el tutor—, una de les lleis de la meva filosofia consisteix en només respondre les preguntes d'aquell que demana la paraula. Tens una pregunta? Has alçat la mà? Has demanat permís per parlar? O has tirat pel dret i m'has interromput?

Abans que en Tito entengués què li estava dient, l'Albert va reprendre l'amonestació.

—M'has interromput. No admeto que ni tu ni ningú m'interrompi quan estic explicant una cosa. Entens la filosofia?

Era clar que «filosofia» era la paraula preferida del nou tutor.

En Tito, curt com una cua de conill, però animat per la seva companya de taula, va alçar el braç.

—Té una pregunta, senyor Casona? —va preguntar el tutor.

—Sí. La mateixa d'abans.

—I quina és, aquesta pregunta?

—He preguntat qui és la professora Pili.

—Si no recordo malament, tu ets a l'escola des de primer de primària. I no saps qui és la professora Pili? Segur que l'has tinguda de tutora i t'ha fet classes dos o tres anys seguits...

—Qui és? Jo tampoc no ho sé —em va preguntar la Marga.

—La Mocho! —va exclamar l'Íker, sense alçar el braç.

A la professora Pili tothom la coneixia com la Mocho, perquè tenia una mata de cabells descomunal que no hi havia manera de pentinar. Sempre els duia esbullats i revoltosos. «Si més no, no es quedarà mai calba», opinava en Tom, provant de trobar la part positiva en qualsevol circumstància.

—Senyor Íker —va fer el tutor mirant d'imposar-se enmig dels riures que havia encès la intervenció del nostre soci—. Puc fer-li una pregunta? Sap vostè què és un malnom? Puc, a continuació, preguntar-li què li semblaria a vostè que el cridessin per un malnom?

La intervenció del tutor va ser poc afortunada i va augmentar la intensitat de les rialles del grup. L'Íker en tenia molts, de malnoms (*Miramuertos*, *El sexto sentido*, *Zombi*, *No estava muerto estava de parranda...*).

—Silenci, dimoni! —va cridar el tutor—. Som una comunitat i, primer de tot, hem de respectar-nos els uns als altres! No podem acceptar la idea d'utilitzar els malnoms! I menys quan ens referim a un professor!

En Jerry va alçar el braç i l'Albert Carràs li va donar la paraula.

—En què consisteix el projecte de la Mocho?

El tutor no ho va explicar aquell primer dia, perquè es va enfadar tant amb en Jerry i, de retruc, amb tot el grup, que va sortir de la classe enfurismat i va fer entrar el profe de mates perquè donés la seva matèria. Ho va fer l'endemà, a l'hora de tutoria. La idea de la Mocho era apropar els alumnes de l'escola, i que els grans fessin coses amb els petits. Que els ajudessin amb la lectura o a fer els deures, que participessin de tant en tant en els jocs a l'hora del pati o que fessin de mediadors quan hi hagués un conflicte. Cada nen i nena de segon d'ESO tindria una mena d'«afillat» de segon de primària, i passaria unes estones a la setmana amb ell o ella. Els de primer d'ESO s'encarregarien dels nens de primer de primària; els de segon d'ESO, dels de segon de primària, i així successivament fins a segon de batxillerat, que s'encarregarien dels de sisè de primària. La figura del «padrí» d'escola, com ens batejava el projecte de la Mocho, era una de les moltes estratègies per fer interactuar en horari escolar tots els integrants de la comunitat educativa.

—Amb una nena de set anys? Què dimoni se suposa que he de parlar jo, amb una nena de set anys? —es preguntava en Tom aquell migdia assegut al peu de la cistella del pati.

—No li podràs explicar allò dels condons dels pobres... —va dir en Harry.

—No són condons de pobres, imbècil. En Tom parla de la condonació del deute als països pobres, que és molt diferent —va defensar-lo el seu germà.

—No sé com pensa una nena de set anys... no sé què fa, ni quines aficions té... no sé ni quina música escolta... De què se suposa que conversarem? —insistia en Tom—. Amb totes les coses que he de fer, només em falta perdre el temps amb una nena de set anys!

—Doncs a mi em fa il·lusió! —va dir la Marga—. Els nens petits són tan monos!

Vaig pensar que ho deia per la Maëlle, la nostra antiga tutora que havia sigut mare just abans de Nadal. La Marga, com que venia de París i parlava tan bé el francès, era l'alumna preferida de la Maëlle. La Marga m'havia confessat que, com a mínim un dia a la setmana, anava a casa de la Maëlle i passava una estona amb ella i la seva filla. Reconec que la seva amistat em feia sentir una mica gelosa, i pensava que no era normal que s'estimés més estar amb la seva profe que amb mi, que soc la seva amiga. Els nois del club es reien de la Marga. Deien que era una pilota i que tot ho feia per tenir bones notes de francès.

—I a tu què et sembla, Vanesa? Sempre has dit que t'encanten els nens, no?

—*Sí, solían gustarme bastante...* —va fer ella, sense èmfasi i com desganada.

El curs passat ens havíem fet un fart de riure el dia que la Pajarica va dir que de gran volia estudiar «agricultura». «Vols ser pagesa?», li havia preguntat l'Íker. «*Tú eres idiota, miramuertos*», li havia contestat ella, irada. «*Quiero estudiar agricultura para cuidar a los niños*». «I no serà que vols estudiar puericultura?», la va corregir en Tom. Aquell migdia també em va sorprendre la reacció tan poc entusiasta de la Pajarica quan va opinar sobre el projecte de la Mocho, i vaig tornar a pensar que alguna cosa li passava.

No em va costar gens esbrinar-ho, perquè a la tarda la Pajarica m'esperava a la porta del col·le i em va demanar si em podia acompanyar fins a casa perquè m'havia d'explicar una cosa. Anava amb una nena petita agafada de la mà que em va dir que era «una vecinita».

—*Resulta que tenemos un problema en casa, Martina* —va començar, encallant-se, com si li costés trobar les paraules justes—. *Resulta que... tengo una nueva hermana.*

—Una germana? No sabia que la teva mare estigués embarassada! No ens n'havies dit res!

—*Es que no la ha tenido. Ha llegado y punto.*

—¿Ha llegado? Què vols dir? D'on ha arribat?

—*De Quito.*

La història tenia tela. Es veu que fa vuit anys el pare de la Pajarica se'n va anar a passar uns mesos a l'Equador, que és d'on prové la família. Hi va anar perquè una germana seva, una tia de la Vane, s'estava morint d'un càncer. Quan va ser morta, hi havia molts problemes amb una herència, i el pare de la Vane s'hi va haver de quedar més temps del que es pensava. I resulta que va aprofitar el temps no només per arreglar els papers amb els advocats, sinó també per prenyar una dona, una veïna. Evidentment, de tot allò la família a Barcelona no en va saber res.

—*Mi padre volvió y recuperó su trabajo en el Rápido y no contó nada. Ahora, cuando nos hemos enterado y mi madre se ha puesto hecho una furia, mi padre dice que ni siquiera sabía que esa mujer se había quedado embarazada y que había tenido una niña.*

El cas és que ara, set anys després, la mare de la nena havia decidit que no se'n podia fer càrrec i, com que sabia que l'home que la va prenyar vivia a Barcelona i que tenia una feina i una família, va voler que la nena tingués una oportunitat a la vida i la va enviar aquí perquè el pare de la Vane se n'ocupés.

—*Mi padre ha mentido mucho, claro, porque desde hacía meses andaba escondiendo todo lo que pasaba... A principios de noviembre se fue al Ecuador. Dijo que era para arreglar un negocio que tiene con unos apartamentitos, pero en realidad fue porque un juez le exigía unas pruebas de paternidad que eran necesarias. Y se las hizo y resultó, claro, que la niña era hija suya y que tenía la responsabilidad de cuidarla porque la madre no podía hacerlo. Entonces, desde allí, tampoco dijo nada.*

—I quan us ho va dir?

—*Cuando fuimos a buscarle al aeropuerto del Prat y le vimos llegar con una niña cogida de la mano.*

Aquell Nadal, en paraules de la Vane, havia sigut un infern per a tota la família. La mare estava que s'enfilava per les parets i el pare s'havia tancat com un musclo i no volia parlar amb ningú.

—I ara la nena viu amb vosaltres? Per això m'has dit que tens una germana?

—*Sí. Es esta* —va fer ella, i va assenyalar amb un cop de barbeta la nena que duia agafada de la mà i que no havia obert la boca en tota l'estona mentre caminàvem.

Jo vaig al·lucinar. Aquella nena era la seva nova germana? I la poca-solta m'havia explicat tot el drama davant seu?

—*Se llama Yuri* —va continuar la Pajarica, com si res—. *Mi padre tuvo que matricularla en la escuela, claro.*

Era una nena molt mona, moreneta de pell, que duia uns texans vermells, una dessuadora rosa sota l'abriguet i els cabells negres i enrinxolats lligats en una cua de cavall. A l'esquena hi carregava una motxilla de la Pepa Pig. Em vaig ajupir una mica per mirar-la de prop i ella em va somriure.

—*Es lista como una ardilla* —va dir la Vane, i a continuació li va explicar a la nena que jo em deia Martina i que era la seva millor amiga, cosa que, en realitat, era una exageració.

—*Buenas tardes, Martina. Mucho gusto* —va dir la nena.

Li vaig reconèixer a la Vane que realment era una història sorprenent i que entenia que a casa seva no estiguessin passant una bona temporada. Ella va dir que la cosa havia millorat i que ja no era l'infern dels primers dies.

—*Mi madre llorando, mi padre enfadado y silencio-*

so, la abuelita rezando para que todo se arreglara... Mis hermanitos y yo no sabíamos qué hacer con Yuri, y a mí me daba mucha pena que lo pasara mal, tan lejos de su casa y con una gente a quien no conocía... Suerte que no tiene un pelo de tonta y se ha adaptado muy bien a la situación...

—Doncs me n'alegro, pobra nena —vaig fer jo. I em vaig dirigir a la Yuri amb un somriure als llavis—. *Eres una niña muy guapa. Y Barcelona es una ciudad muy bonita. ¿Ya sabes leer? ¿Te cuenta cuentos la Vane?*

—*Leemos juntas* —va contestar la nena—. *Yo le aclaro lo que no entiende. Ayer terminamos «Cien años de soledad», de García Márquez, y ahora solo me falta por leer una novela de ese autor colombiano, que es mi preferido. Desgraciadamente, Vanesa no lee en inglés.*

Vaig fer uns ulls com dues taronges. García Márquez? Em sonava el nom, però em pensava que era un autor de literatura per a adults. Em vaig mirar la Pajarica, que havia tancat els ulls i negava amb el cap.

—*Me obliga a leer con ella cosas que no entiendo, Martina. Libros que traía en la maleta y otros que mi padre le ha comprado aquí. «La divina comedia», «Madame Bovary», «Teoría de los primos»...*

—*De los número primos* —la va corregir la nena—. *Y déjate de tanta cháchara, Vanesa, que saqué entradas por internet para ir a la exposición de CosmoCaixa y vamos a llegar tarde.*

—*Es un no vivir, Martina* —em va confessar la Vane quan ens vam posar a caminar de pressa cap a la boca dels Ferrocarrils Catalans—. *Esta niña es un ge-*

nio y no te creas que es fácil ser responsable de un genio. No paro en todo el día. Y los fines de semana son un horror. Ella lo planifica todo, oye, desde que nos levantamos hasta que nos acostamos, y me lleva para arriba y para abajo, de un sitio a otro, y yo no entiendo ni papa de lo que vemos o nos cuentan en las conferencias...

—Quines conferències?

—*Me obliga a acompañarla a conferencias de esas de gente mayor donde hablan de temas que no había oído en mi vida. Y exposiciones, y museos, y visitas guiadas... La gente se extraña de ver a dos niñas en esos lugares, y encima se dirigen a mí, que soy la mayor, y yo ya no sé qué hacer, Martina...*

—*Acuérdate de llamar al CAP y pedir hora para mañana, Vanesa* —la va interrompre la Yuri, que havia tret una agenda de la motxilla i revisava el pla de la setmana—. *Me sigue doliendo el oído y temo tener obturado el canal auditivo. Y tienes que insistir en lo del congreso...*

—*Lo del congreso no puede ser, Yuri. Ya te dije que hay que tener más de dieciocho años para apuntarse...*

—¡Y una porra! Tú insiste. Tienes quince años. Diles que eres superdotada.

—*Ya, Yuri, pero es que no lo soy... Yo no sé ni siquiera qué es un congreso...*

—*Adiós, Martina* —es va acomiadar la Yuri empenyent la pobra Pajarica escales avall a la parada dels Ferrocarrils—. *Si no cogemos el de las 17.30 nos perdemos la explicación sobre los neutrones en CosmoCaixa...*

Em vaig quedar estupefacta davant de la parada veient com aquell petit monstre arrossegava la Vane per les escales.

I en Tom es preguntava de què podia parlar amb una nena de set anys?

2
L'Enric no ve al col·le

Ens vam adonar que alguna cosa li havia passat a l'Enric Mitjà el tercer dia de no venir a l'escola. En ell ja era habitual, això de faltar a classe, sobretot a les tardes, que no apareixia o se n'anava a la darrera hora. Era fàcil esbrinar què li passava (feia campana), on era normalment (al parc que hi ha a la vora) i amb qui estava (amb els seus amics de l'skate). Tot això ho sabíem els companys, els profes, i segurament els pares, que se'n devien veure un bull per redreçar-lo.

L'Enric Mitjà era un impresentable. No només perquè ens la tenia jurada des de sempre, sinó perquè capitanejava la colla de brètols habituals, en Tito Casona i l'Òscar Linares, entre d'altres, que li reien totes les gràcies (que a nosaltres, els del club, no ens en feien gens, de gràcia) i el secundaven en totes les accions reprovables que, any rere any, interferien en el bon ambient del col·le. Per no faltar a la veritat, hauria d'aclarir que hi havia alguna excepció sobre el que acabo d'exposar en el paràgraf anterior: l'Enric Mitjà ens queia fatal a tots, sí, però amb matisos. Per a les nenes de la colla, l'Enric era un capsigrany, un mal educat, un bandarra, un foteta, un company pèssim i un fanfarró, sí, però al final sempre li acabàvem perdonant la vida perquè resulta que és el nen més ben plantat, el més popular, el més sol·licitat, el més enginyós i el més atractiu de tota l'ESO. La majoria de noies de l'escola es desfeien quan l'Enric, després de menystenir-les, insultar-les, rebutjar-les o riure-se'n, s'hi acostava, els feia una gracieta, els regalava un somriure o els demanava perdó sense posar-hi gaire èmfasi.

—Aquest tio és imbècil, però s'ha de reconèixer que té els ulls i el somriure més bonics del món —sempre deia l'Assump.

L'altra excepció sonada a allò que pensava la majoria era l'Àlex. A finals de primer d'ESO vam saber que, de manera estranya i inexplicable, s'havia fet amic de l'Enric. D'esquena a nosaltres i sense dir-nos-en ni una paraula, va resultar que l'Àlex (el nostre Àlex!) i l'Enric es trobaven de tant en tant fora de l'escola, i l'un anava a casa de l'altre, i estudiaven junts (això estava per confirmar: mai ningú havia vist l'Enric estudiar, ni amb l'Àlex ni amb ningú) o jugaven a la Play.

El nostre Àlex i l'Enric no s'assemblaven en res. Eren dos tipus de persona diferents. Allò que el primer tenia d'introvertit, esquerp i introspectiu, el segon ho capgirava, perquè l'Enric era extravertit, afable (amb qui volia, i normalment per interès) i transparent com un llibre obert. Aleshores, ens preguntàvem tots, què dimonis els unia? Si sempre s'havien evitat, s'havien odiat o ignorat i ni tan sols es dirigien la paraula, com és que de cop, i d'amagat de la resta, semblaven mantenir una relació d'amistat tan ferma?

Els del club teníem opinions diverses. Alguns pensàvem que es tractava d'una relació insana i tòxica. Una relació de poder de l'Enric sobre el nostre Àlex. No sabíem les causes ni els motius de l'aparent humiliació que patia l'Àlex, ni tampoc sabíem per què la consentia. L'Àlex ens tenia a tots al costat. Per què no ens confessava que l'altre l'extorsionava i l'obligava a passar unes hores amb ell contra la seva voluntat? Nosaltres seríem allí per aturar aquell abús. Nosaltres no permetríem que l'Àlex fes coses que no volia i fins i tot seríem capaços d'explicar la situació a qui calgués (pares? profes?). El cas era que l'Àlex no s'havia queixat mai d'aquella amistat contra natura. Mai ens havia dit que la companyia de l'Enric el repel·lia.

I precisament per aquesta negativa de l'Àlex a denunciar el seu presumpte maltractador, un altre sector de la colla opinava que potser estaven enamorats. Era una opinió gens contrastada i difícil de creure. Com podia estar enamorat l'Enric de l'Àlex? L'Enric Mitjà! El paio que tenia totes les alumnes de l'escola pendents d'ell! El nano que havia sortit amb totes les nenes més populars de primer d'ESO a segon de batxillerat! Quin sentit tenia pensar que l'Enric era gai i que, a més a més, s'havia penjat d'un paio tan poc comunicatiu i tan tancat com el nostre Àlex?

El cas és que quan li vam preguntar a l'Àlex com és que feia tres dies que en Mitjà no venia a classe, ell no ens va poder dir res.

—Fa setmanes que no sé res d'ell. Què us penseu? Que em té al corrent de tot el que fa i deixa de fer?

—Home, doncs ara que ho dius, una mica sí...

I aleshores començava la ja habitual baralla entre nosaltres i ell per la seva poc clara amistat amb el brètol de l'Enric Mitjà. I quan això passava, l'Àlex es tancava en banda, ens deia que no n'havíem de fer res i marxava deixant-nos amb la paraula a la boca.

Aquesta reacció reafirmava les nostres diferents opinions: uns insistien que es tractava d'una relació de domini i consentiment, i els altres apostàvem per la més que evident complicitat sentimental que els unia.

Va ser senzill descobrir que les faltes de l'Enric Mitjà aquell cop estaven justificades. En Tom, que era el delegat de la classe, l'hi va preguntar directament al nostre tutor aquell mateix dia. L'Albert li va explicar que l'Enric no venia per un assumpte mèdic.

—Els seus pares han justificat les faltes, doncs.

—Sí. Que t'estranya?

—Francament, sí. Les faltes de l'Enric acostumen a ser injustificables...

—Aquest cop és diferent. Celebro que com a delegat et preocupis pels teus companys, Tom.

«Preocupar-se» per l'Enric Mitjà no era ben bé el terme que hauria fet servir en Tom. I si havia anat a fer el tafaner amb l'Albert com a delegat, va ser per la pressió del club. I la nostra motivació no era tampoc la «preocupació» pel company, sinó més aviat la necessitat de constatar que l'escola estava al cas de l'absència i que, si no era justificada, hauria de tenir unes conseqüències.

—Està malalt —va explicar-nos en Tom a l'hora del pati—. No m'ha dit què li passa, però ha justificat les faltes. Això s'ha de veure. No seria la primera vegada que l'Enric falsifica les firmes dels seus pares i més d'un cop ha entabanat la secretària fent-se passar per un familiar al telèfon.

Els tres dies sencers sense l'Enric a classe van satisfer companys i professors. Els imperatius «Calla!», «Seu!», «Guarda el mòbil!» o «Fora de classe!» van ser menys pronunciats. Les imitacions de la Mireia Soler, la Tarta, que és molt estudiosa però queca, van brillar per la seva absència. Van deixar de volar les boles de paper a l'hora de mates i llengua; en Siscu de socials va poder fer les seves hores sense ser provocat cada cinc minuts; els partits de futbol a l'hora del pati van desenvolupar-se sense polèmiques i sense que la pilota es pengés als balcons de l'edifici contigu, cosa que treia de polleguera els professors que vigilaven el pati i que havien de disculpar-se amb els veïns (que en tenien la pipa plena de tantes pilotes als balcons). A l'hora del menjador no volaven croquetes; ningú es va riure de la pobra Brackets (tampoc ningú li va fer cas, però). Els de la colla, asseguts al voltant de la cistella, no vam ser increpats ni insultats, i el profe de música va poder fer una classe amb audició i visionament d'un vídeo de youtube (una simfonia de Beethoven) sense que ningú lamentés que allò era un rotllo i que per què dimonis no posava vídeos de Trap, Reggaeton o Tik-Tok.

Des que vam saber que l'Enric estava malalt, tots vam imaginar que l'Àlex faria el possible per esbrinar què li passava. Aquell migdia vam pressionar-lo tant com vam poder, però el nostre company era com un monjo de clausura quan es debatia sobre la seva estranya i poc clara relació amb en Mitjà.

—S'ha trencat una cama? Té la grip? Gastroenteritis?

Quan l'Àlex, fastiguejat i mut, va fugir de la cistella, jo, que el conec bé perquè som amics des de P5, vaig suggerir la idea que l'Àlex, en realitat, no en devia saber res, i per això es mostrava decebut. Intuïa, per la seva reacció, que ni l'Enric ni ningú de la seva família li haurien volgut explicar què li passava, i que per això l'Àlex estava molest.

—I nosaltres quina culpa en tenim, que l'hagin marginat? L'Enric és el seu amic, no el nostre! A nosaltres ens importa tres raves el que li passi!

En Harry va suggerir que potser l'Enric s'havia transformat en un monstre, i que per això no venia al col·le.

—Però què dius, idiota? Com se t'acut una bajanada així?

—Ho vaig veure en un programa de la tele! Era un home normal, tirant a atractiu, i de sobte se li va bellugar tot, i els ulls se li van moure cap avall, i el coll se li va inflar, i va perdre els cabells, i li van caure les dents. Era un tio normal i després era com un insecte fastigós...

—*Puede ser* —em va xiuxiuejar la Pajarica a cau

d'orella—. *Un día le tuve que leer a Yuri una historia parecida de un tipo que se convertía en un escarabajo...*

—I en quin programa ho vas veure? Quins canals mires, tio? —li va demanar en Jerry.

—I jo què sé com es diu! Un que mira la meva mare!

—I no seria pas de dibuixos animats?

Aquí en Harry va dubtar. La lògica, la versemblança, l'esperit científic i l'objectivitat eren termes que no encaixaven ni remotament amb la personalitat d'en Harry (la personalitat més aviat imbècil, absurda i poca-solta d'en Harry).

—*Ladies and gentlemen*, imagino que jo soc la persona indicada per investigar què li passa a l'Enric —va dir en Ferri—. Soc veí seu. Tinc tots els números per esbrinar-ho. No soc una persona discreta, això ja ho sabeu, però si el club m'encarrega una missió, jo l'acompliré. Tinc molts recursos, i si no en tinc me'ls invento. Puc trucar a casa seva i ...

—Talla el rotllo, tio —va interrompre'l l'Íker.

—Ok, missió encomanada per a tu, Ferri —va sentenciar en Tom—. Fes-ho com vulguis, però descobreix la causa per la qual l'Enric no ha començat el col·le després de les vacances. No podem dubtar del que m'ha dit l'Albert, i potser sí que està malalt. Potser s'ha trencat la crisma fent l'idiota amb els seus amics de l'skate, o ves a saber si no té alguna cosa més greu. A les teves mans està descobrir-ho, Ferri.

—L'home de la pel·li... —va insistir en Harry.

—L'home de la pel·li, si realment vas veure una pelli i si realment un home es transformava en un insecte, Harry, segurament estava inspirat en una novel·la de Kafka.

—*¡Eso mismo!* —em va tornar a parlar la Pajarica a cau d'orella —. *¡Eso es lo que leía la Yuri! Algo tenía que ver con la caca...*

Vaig provar de parlar amb l'Àlex a la sortida, però ell, molt en la seva línia, va dir que tenia feina i que no es volia torbar. En el fons, sempre que el veia patir per l'Enric, l'Àlex em feia molta pena. Jo li havia insistit moltes vegades que podia confiar en mi, i que estaria encantada d'ajudar-lo encara que només fos escoltant tot allò que l'atemoria. Però l'Àlex és com és, i no ho posa mai fàcil. Tot i que la meva intenció era fer-me pesada i acompanyar-lo una estona tant si volia com si no, la Croma i la Brackets em van aturar i la primera em va immobilitzar amb la seva força bruta característica.

—Martina, tenim un problema —em va alertar la Croma.

—Doz —va afegir la Brackets, que era papissota per culpa dels ferros.

—Es tracta de la Pajarica... bé, de la Vanesa, tu ja m'entens. Ens està deixant de banda, Martina. No ens fa cas, i fuig de nosaltres! Un dia d'aquests li trencaré la cara!

—Potser té coses a fer —vaig dir per tranquil·litzar-les—. Potser ha d'ajudar a casa...

—I una merda! Quan surt del col·le ha d'acompanyar una nena, que es veu que és la seva veïna, i diu que no pot quedar amb nosaltres perquè està enfeinada. Enfeinada? Si no fa res! Si no estudia mai i suspèn totes les matèries!

—Jo zozpito que té una nova amiga —va dir la Brackets—. I que ja no vol zer amiga noztra.

—Jo també ho crec —la va secundar la Croma—. La Tarta se la va trobar per Nadal i va fer veure que no la coneixia. I una de la classe la va veure fa dos dies i tampoc li va dir res.

—I anava sola? Això sí que és estrany —vaig dir.

—Més estrany és als llocs on se la van trobar. La Tarta se la va trobar en un museu. Un museu, Martina! Què dimonis hi feia la Pajarica, en un museu? Que hi vagi la Tarta amb els seus pares no és cap sorpresa. Però la Vane? Un museu? Només hi ha quadres, en un museu!

—Zozpito que la zeva nova amiga éz intel·lectual i que la porta a llocz raroz...

—I la de la meva classe se la va trobar al Palau de la Música! Al Palau de la Música, Martina! La Vane només escolta Ràdio Flaix FM!

—Però la de la teva classe també hi era, no? Això no t'estranya?

—Ella només hi va entrar a pixar!

Vaig pensar en en Tom i en la resta de companys del club: realment era surrealista que aquell parell de cafres formessin part de la colla.

—La Vane era la nostra amiga, Martina, i gràcies a

ella vam poder entrar al club. I ara ens dona l'esquena. No és just!

—I els altres? Per què no us feu amigues de l'Íker, o els bessons, o en Harry?

—No enz zuporten —va fer la Brackets—. I nozaltres a ellz tampoc.

—Com vols que ens entenguem amb aquests nanos? No ens respecten i es riuen de nosaltres! Et penses que no ens n'hem adonat? I quin panorama de nens! El que veu morts! En Harry que és brut com una bossa d'escombraries! Els bessons que es creuen superiors perquè parlen de coses de grans...

—Doncs no entenc què hi feu al club...

—Hi ets tu! I la Marga, que és una pija, però és bona nena. I la Vane... Martina, has de preguntar-li què li passa i per què ens defuig.

—Ok. Ho intentaré —vaig dir, perquè em deixessin en pau, i vaig posar-me a caminar. Però el braç robust de la Croma m'ho va impedir—. Encara no t'hem explicat el segon problema que tenim.

Es van mirar l'una a l'altra i la Croma es va escurar la gola abans de parlar.

—Hem comès un delicte, Martina.

I sí, realment s'havien ficat en un bon embolic que les convertia, efectivament, en delinqüents. La professora de castellà havia encomanat un treball de lectura i ressenya a tota la classe. Durant les festes, els de tercer havien d'acabar de llegir el llibre que havien començat al primer trimestre i fer-ne un treball que consistia en un resum de l'argument, una descripció dels personatges, contestar les preguntes que havia plantejat la professora i un darrer apartat d'opinió personal sobre la novel·la. Per començar, cap de les dues l'havia llegida (la Croma, de fet, ni tan sols l'havia comprada) ni ho van fer durant les vacances. La Brackets opinava que la professora no demanaria de seguida el treball; que fins i tot potser s'oblidaria de la novel·la. Però, evidentment, no va ser així, i el primer dia de classe de castellà va exigir la feina a tots els alumnes. Per sort, elles no eren les úniques que no la tenien, i van respirar alleugerides quan un company va demanar per boca de la resta d'impuntuals que la profe els donés uns dies de marge per lliurar-la. «Uns dies? Què entenem per uns dies?», va preguntar la dona. L'alumne va temptejar: «Dos?», i la profe va arrugar el front però va dir que ok: dos dies, i el treball havia d'estar sobre la seva taula si no volien suspendre el parcial.

La Brackets i la Croma, desesperades, van assumir que en dos dies no podien fer la feina. Llegir una novel·la sencera! Fer els resums i contestar les preguntes! Com ho havien de fer en tan poc temps?

La Croma va prendre la iniciativa: l'havien de copiar d'algú. Però de qui? Qui els deixaria el treball? No eren nenes populars. Al contrari: tothom les deixava de banda perquè no tenien complicitat amb ningú. La Pajarica, la seva millor i única amiga, els va dir que ella tampoc havia fet el treball ni el pensava fer, perquè volia suspendre totes les matèries i repetir tercer per anar a la meva classe. La Brackets va decidir que havien de provar-ho amb algú del club, i els que anaven a la seva classe eren en Pau i l'Assump. Tots dos havien fet el treball i l'havien entregat el dia que tocava. Tots dos van al·legar, per treure-se-les del damunt, que no en tenien còpia.

—Com no n'havien de tenir si el treball s'havia de picar a l'ordinador? —em va venir a dir la Croma—. Què els costava enviar-nos el document per mail o passar-nos una còpia impresa?

El cas és que tots dos s'hi van negar. La Croma em va dir que aquella actitud envers les seves companyes de club era deplorable i injusta, i refermava la seva idea que elles no eren estimades al club i que aquell era un exemple més de la poca solidaritat que regnava entre els seus membres. Vaig provar de justificar l'actitud d'en Pau i de l'Assump.

—Però us heu preguntat què hauria passat si la profe descobria que els treballs eren iguals? Copiats? Què els hauria passat a ells, que s'havien llegit la novel·la i havien fet la feina correctament?

—Ho hauríem canviat una mica! —es va rebel·lar la Croma, furibunda—. Si el protagonista es diu Pablo li hauríem posat Pedro! O si se n'anava a Londres hauríem posat que se n'anava a París!

Estaven sonades, vaig pensar. Com vols canviar els noms dels personatges d'una novel·la? Aquelles nenes tenien la ment atrofiada! El cas és que van prendre una determinació més dràstica.

—Si no ens el volien deixar, aleshores l'hauríem de robar.

—Vàreu robar els treballs? Esteu boges?

Aquell mateix matí, a l'hora de castellà, abans de començar la classe, la profe va demanar els treballs que faltaven, i els alumnes que no l'havien entregat es van aixecar de les cadires i van dipositar els treballs sobre la taula. La Croma i la Brackets, és clar, no es van moure.

—Ho vam planejar ahir a la tarda —em va explicar la Croma, amb aquells ulls de boja que feia sempre—. La profe no es miraria els treballs durant la classe, és clar, perquè els corregiria a casa o a la sala de profes. A casa meva vam imprimir dues portades del treball, una amb el meu nom i l'altra amb el de la Lídia. Quan s'ha acabat la classe i la profe ha sortit de l'aula, la Lídia li ha demanat d'anar al lavabo perquè es trobava fatal i estava molt marejada...

—Li he dit que era culpa de l'ortodònzia...

—... I la profe li ha donat permís, i la Lídia, que ja saps que belluga el cos molt bé, ha fet una coreografia de desmaiar-se, fent voltes i tal...

—M'ha quedat zúper...

—...i ha caigut a terra davant de la profe, que s'ha ajupit de seguida i ha deixat els papers i la bossa a terra. I mentre la Lídia feia la comèdia dels espasmes...

—Espasmes? —vaig preguntar jo.

—Zí, com zi em donéz un atac d'epil·lèpzia...

—...Jo he aprofitat la seva distracció per agafar dos dels treballs que eren a terra i me'ls he endut a la classe. Després la Lídia ha fet veure que es recuperava. I ja està.

—I ja està? Així de fàcil?

—Bé... La Lídia ha hagut de baixar amb la profe a secretaria, i han trucat a la seva mare per explicar-li el que havia passat, i després la seva mare ha hagut de sortir de la feina per venir-la a buscar i l'ha dut al metge...

—Tot això per a res? Tot per dissimular? —No me'n sabia avenir. Estava parlant amb dues psicòpates!

—El doctor de la clínica ha dit que eztava bé.

—Home, és clar que estaves bé! Si tot era mentida!

—Jo, mentre ella era a la clínica, he arrencat les portades dels dos treballs que hem robat i hi he grapat la nostra portada. Després he buscat la profe de castellà i li he dit que m'havia oblidat de donar-li el meu treball i el de la Lídia.

—O sigui, que hi ha dos companys vostres que es pensen que la profe té els seus treballs... I efectivament els té, però no amb el seu nom sinó amb el vostre...

—És delicte, no, Martina? —va preguntar la Croma.

—Sí. I tant que és delicte.

—Què hem de fer, doncs?

—Primer de tot, heu d'anar a trobar la profe i explicar-li la veritat. Això és el que heu de fer...

—Com vols que li diguem que hem fet això? Estàs tonta o què? Es pensarà que som unes lladres!

—I és que ho sou!

La Croma no va saber què dir i va abaixar el cap.

—Si poguéssim comptar amb la Vane... Ella és la nostra amiga i potser ens ajudaria... Però ens evita, ja t'ho hem explicat, Martina... Ara ella també ens dona l'esquena... Som unes desgraciades....

Les vaig deixar palplantades a la vorera del carrer. Quines tòtiles. No tenien cap escrúpol i s'aprofitaven dels altres sense cap vergonya... I volien demanar consell a la Pajarica! Vaja quina altra burra per donar consells!

I el cas és que no sabien que tenia una germana superdotada... Si li haguessin demanat a la Yuri, de set anys, ella els hauria fet el treball en un temps rècord!

En Ferri va arribar amb notícies fresques sobre l'Enric Mitjà.

—Com ha d'actuar un bon espia per tenir èxit en les seves missions? *Please*! Això d'estar-se en una cantonada amb ulleres de sol fent veure que llegeixes el diari està passat de moda! Ferry *the strawberry* viu al segle XXI, *sweet baby*, i utilitza les eines del futur! Des de la finestra de la meva habitació veig la porta d'entrada de l'edifici del sospitós...

—Quin sospitós? —va preguntar en Harry.

—Oh, *baby*, em refereixo a l'objectiu d'aquest espia, tio! E.M. El batejaré amb les sigles, que queda molt *cool*, no? E.M. no va entrar ni sortir de casa ahir. Opció A: no hi és. És a... què sé jo, París? New York? Parc dels skaters? *I don't know, baby*, però no va entrar ni sortir de l'edifici durant els períodes d'observació que aquest James Bond va efectuar durant el dia d'ahir...

—Talla el rotllo, Ferri...

—No tallo el rotllo perquè tallo el bacallà: tinc exclusiva. Quina exclusiva?, us preguntareu, *my friends*. Vaig veure entrar a l'edifici la *boy band* coreana BTS? Negatiu. Va entrar-hi potser Donald Trump amb la seva bola de palla al cap? *No correct!* S'hi va acostar potser...

—Vaig anar-hi jo —va dir l'Àlex, avorrit del rotllo—. Aquesta és l'exclusiva? Que em vas veure a mi?

Estàvem asseguts al voltant de la cistella a l'hora del pati. Hi érem tots menys la Brackets, perquè la seva mare l'havia dut a un metge preocupada pel mareig amb espasmes que havia sofert el dia abans sortint de classe de castellà (la Croma va abaixar el cap mentre l'Assump ho explicava). Tots volíem saber què havia esbrinat en Ferri sobre l'estat de l'Enric Mitjà, que continuava sense venir al col·le, i la intervenció de l'Àlex, desvetllant la teòrica primícia d'en Ferri el pesat, ens va deixar sorpresos.

—Sí, hi vaig anar, és clar. Vull saber què li passa i per què no ve al col·le. M'estranya que no m'hagi dit res des de fa molts dies.

—I el vas veure?

—No. La seva mare em va parlar des de l'intèrfon. Va dir que l'Enric no es troba bé i li estan fent unes proves. Li vaig preguntar què li passava, i ella només va dir que aviat l'Enric estaria millor i que ja m'ho explicaria.

—Quin misteri...

—I si realment li passa alguna cosa greu? —va suggerir la Marga—. En un nen com l'Enric no és normal aquest silenci... Que no vingui al col·le no m'estranya, però que no surti de casa i que no vulgui parlar amb tu... —va afegir dirigint-se a l'Àlex.

L'Àlex va reconèixer que estava una mica amoïnat. Que havia parlat amb l'Òscar i en Tito, els col·legues de l'Enric, i que ells tampoc no en sabien res. En Tito li havia dit que no contestava ni tan sols els missatges de whatsapp.

—Qui és la darrera persona de nosaltres que el va veure? Segurament tu, no, Àlex?

Ell va assentir amb el cap: s'havien vist l'endemà d'acabar el col·le. Havien anat al cine i després havien jugat una estona a la Play a casa seva. A partir d'aleshores, ni un missatge, ni una trucada ni res. Com si se l'hagués empassat la terra.

—I vas notar alguna cosa estranya aquell darrer dia? —li va preguntar en Pau.

—No. Estava com sempre. Em va dir que es trobava una mica cansat.

—Has de continuar la teva missió, Ferri. Si ell no vol parlar amb ningú, ho haurem d'esbrinar pel nostre compte —va sentenciar en Tom.

La Pajarica, d'amagat, no parava de mirar el seu mòbil. Tots els del club van fer la mateixa observació. Ella no mirava mai el mòbil perquè no estava en cap xarxa social ni tenia grups de whatsapp perquè no tenia amistats.

—Què et passa amb el mòbil, Vane? —li va preguntar en Jerry—. No t'havia vist mai tan obsessionada!

Ella se'l va guardar a la butxaca sense contestar la pregunta. Després, quan va sonar el timbre i anàvem cap a classe, em va confessar que estava pendent d'uns missatges del maleït congrés al qual volia assistir la Yuri.

—*No sé qué demonios ha hecho la niña por internet, pero ahora resulta que me tienen que enviar unos documentos y tengo que dar el visto bueno enseguida. Si se me pasa, se ve que nos quedamos sin plaza.*

—Però un congrés de què?

—*Y yo qué sé, hija. Algo de romanos.*

—De *romanos*? Què vol dir «de romanos»?

Quan vam ser asseguts a la classe, no vam fer tutoria amb l'Albert, sinó que va venir la Mocho per explicar-nos el projecte de centre que pretenia reunir nens grans amb nens petits per fer activitats conjuntament.

—La comunitat escolar està formada per moltes persones, que convivim en aquest edifici la major part de les hores del dia. Però sovint resulta que amb moltes d'aquestes persones gairebé no hi tenim contacte. Cadascú fa la seva feina i té el seu horari... això és normal. Fins i tot els profes de primària i els de secundària no coincidim gaire, oi, Albert?, i alguns de nosaltres no sabem el nom del personal de l'equip de neteja... en fi. Que enguany ens hem proposat crear vincles, i la meva responsabilitat en aquest projecte és la d'establir contacte entre les diferents franges d'alumnes. Ja sabeu que jo soc professora de primària, i molts de vosaltres em vàreu tenir de tutora a sisè. Bé, la meva funció serà, doncs, la de contactar alumnes de l'ESO amb alumnes de primària. Per fer què?, us preguntareu. Doncs, primer de tot, per conèixer-vos. Per saber qui sou. Vosaltres també heu tingut set anys i també heu cursat segon de primària. Ara us heu fet grans, i teniu altres interessos i altres prioritats, però la vostra experiència pot servir als nens d'avui. Podeu parlar-los de com era el món aleshores, i de les coses que fèieu, i dels llibres que llegíeu, i de les pel·lícules que vèieu... Podeu compartir un munt de coses amb ells!

La Mocho ens va detallar les parts pràctiques del projecte, que començaria la setmana següent. A cada nen i nena de segon d'ESO se li adjudicaria un nen o nena de segon de primària. Dues hores lectives (de moment serien les de tutoria) i un migdia de pati a la setmana, els dos grups (de segon d'ESO i de primària) s'ajuntarien. Primer es tractava només de parlar i de llegir junts. Més endavant, els tutors respectius proposarien activitats per fer conjuntament, també alguna excursió. Els tutors respectius serien els encarregats d'aparellar un gran amb un petit.

—I si no ens entenem amb el nen o la nena que ens toqui? —va preguntar en Tom en el torn de dubtes i preguntes.

—Procurarem que això no passi —va tranquil·litzar-lo la Mocho—. Intentarem aparellar-vos segons el nostre criteri, però no pateixis, que si la cosa no quadra sempre serem a temps de corregir-ho.

La Marga continuava molt il·lusionada amb el projecte i es va oferir de voluntària, quan la Mocho ho va demanar, per ser la coordinadora del grup de segon d'ESO i a qui ens dirigiríem per a qualsevol cosa.

—De moment, i abans de la primera trobada, us demanaré que busqueu entre els llibres que teniu a casa, entre la vostra biblioteca personal, algun conte o alguna història que recordeu que us hagués agradat molt quan éreu petits. Alguna novel·la o algun àlbum il·lustrat o algun còmic que encara avui tingueu al cap o que fullegeu de tant en tant. Aquesta història serà la primera que compartireu amb els vostres nens de segon de primària.

En Tom opinava que el projecte era un despropòsit.

—Mai no he tornat a mirar els contes de quan tenia set anys! A mi m'agrada llegir el diari, o manuals científics, o llibres que parlin de la societat actual! Què vol que faci, aquesta dona? Que torni a mirar llibres de follets del bosc i de Barrufets?

—Prova-ho —l'encoratjava la Marga, que seia amb nosaltres a l'aula de plàstica—. Busca un conte antic i prova de trobar-hi un significat! Pensa si Alí Babà i els quaranta lladres podria tenir res a veure amb els polítics corruptes! No sé qui em va dir que el color vermell de la Caputxeta tenia a veure amb la seva menstruació...

—La Caputxeta vermella... —es lamentava en Tom—. Com dimonis se suposa que he de tornar a interessar-me per la maleïda Caputxeta vermella...?

—Li diré a la Mocho que et busqui un nen o una nena que faci per tu.

No vaig dir res, però vaig pensar que n'hi havia una que li aniria de perles.

Al vespre, després de sopar, en Pau va enviar-me un whats per preguntar-me si podíem parlar per telèfon. Em vaig tancar a l'habitació i, ajaguda al llit, vaig esperar que ho fes.

—Al·lucinaràs amb el que et diré, però m'acaba de telefonar el teu oncle —va anunciar.

—El meu tiet? —vaig exclamar incorporant-me d'un bot —. Què vols dir que t'ha trucat el meu tiet?

M'ho va explicar, i si em punxen no em troben sang. El tiet Eusebi celebrava cinquanta anys el mes vinent i ell i la tieta Mireia estaven muntant una festa d'aniversari. Fent una llista dels convidats, va sorgir el tema de si en Pau havia de ser-hi o no. La tieta opinava que sí, és clar, que «la parella» de la Martina hi havia de ser, ja que es reuniria tota la família, a més dels amics. Al tiet li va semblar una mica exagerat. «La nena no té ni catorze anys encara! Com vols que aparegui acompanyada d'un xicot?» La meva tieta hi havia insistit i estava disposada a trucar a la mare per preguntar-li què li semblava la idea de convidar en Pau a la festa. Però el tiet li va dir que potser, abans que res, s'hauria de preguntar a en Pau si tindria ganes d'anar-hi, i per això ell mateix li havia telefonat al mòbil.

—M'ha dit que la festa dels seus cinquanta anys li feia molta il·lusió i que no li venia de gust convidar cap persona a la qual no sentís propera. Que no volia convidar ningú per compromís, i que a mi no em coneixia, i que no estava segur si jo t'estimava prou, i que el que més li doldria en el cor és que un adolescent «pringat» capaç de fer mal a la seva neboda preferida li arruïnés el dia. Així mateix m'ho ha dit.

—El meu tiet no hi toca. Això dels porros de quan era *heavy* li ha afectat el cervell... No l'hi tinguis en compte, Pau.

—Què he de dir-li, doncs? —va preguntar-me ell, dubtós.

—No ho sé. Deixa-m'ho pensar.

Com era possible que al tiet li passessin pel cap aquelles idees? A quina persona adulta amb un mínim de sentit comú li podia preocupar si una relació tonta entre dos nens de tretze o catorze anys tenia o no tenia futur? I qui era ell per jutjar si allò nostre anava o no anava ben encaminat? No m'ho podia creure! I la tieta Mireia estava disposada a trucar a la mare per preguntar-li-ho... Què s'havien pensat? En quin compromís més ridícul posaven la mare...

Abans de tenir temps de reaccionar, l'Àlex em va enviar un missatge per whatsapp.

Àlex
He parlat amb l'Enric

Martina
Ja es troba bé? Què li passava?

Àlex
No ho sé. Està... raro

Martina
Què vols dir?

Àlex
M'ha demanat consell. Una cosa pràctica

Martina
?

Àlex
Quines ulleres quedarien bé a la seva cara

Martina
Ulleres? Ha de portar ulleres?

Àlex
Potser

I, com solia fer habitualment, l'Àlex va dir «Bona nit» i res més.

3
In fraganti

L'endemà, al voltant de la cistella i durant l'hora del pati, vam viure una situació força inaudita que va cridar l'atenció dels altres nois i noies de l'ESO, i que, fins i tot, va provocar que els diversos partits de futbol que es jugaven simultàniament a la pista s'interrompessin i els jugadors s'acostessin a mirar què passava.

—Mala amiga! *¡Mentirosa!* —xisclava la Croma amb la seva veu de cavernícola dirigint-se a la Pajarica mentre s'acostava a la cistella seguida a poca distància per la Brackets—. *¡Eres una «hipótrica»!*

—Comencem bé... —va murmurejar en Tom, que seia al meu costat.

—Sabeu què ens ha fet aquesta bandarra? Sí, tu! Tu! *¡No agaches la cabeza!*

La Pajarica no sabia on posar-se, i els crits guturals de la Croma ja havien congregat al nostre voltant els primers curiosos.

—No ens va deixar copiar el treball de castellà! No ens va voler ajudar perquè va dir que ella no l'havia fet! Ens va mentir com una «bellaca». *¡Y te mereces* *que te pegue una torta delante de todo el mundo, sinvergüenza!*

En Jerry, tot i que se li escapava el riure, va provar de posar pau i va agafar fort la Croma abans que es llancés com una bèstia damunt de la Vane.

—Calma't, nena! Digues què ha passat! Sense violència!

—Aquesta «tipeja» que deia que era la nostra amiga ens ha traït!

En Pau i l'Assump, que anaven a la seva classe de tercer d'ESO, ja n'estaven al cas i van ser ells qui, sense crits, ens van informar de la situació. La professora de llengua havia arribat aquell matí amb els treballs sobre la novel·la corregits. Durant el lliurament dels treballs amb la nota posada, s'havien produït dos incidents: el primer és que la Mònica Núñez i en Juli Santanyà es van queixar a la profe que ells havien fet el treball i que ella no els hi havia tornat. «Jo he corregit tots els treballs. Segur que no n'he perdut cap. Si no us el torno, és perquè no me'l vau donar.» Cosa estranya, perquè, sobretot en Juli, sempre feia la feina que se li encomanava. La profe va revisar la seva bossa i no, els treballs que reclamaven no els tenia. «Doncs jo te'l vaig donar!», va protestar la Mònica. «I jo també!», va insistir en Juli. Tractant-se d'ell, la profe va dir que buscaria al seu despatx, no fos cas que s'haguessin traspaperat. Jo em vaig mirar la Croma i la Brackets, mudes com dues estàtues. El segon incident fou el treball de la Pajarica, que sí que l'havia fet malgrat haver jurat a les seves col·legues que no (motiu pel qual la

Croma treia foc pels queixals) i que, segons la professora, no l'havia redactat ella. «*¡Pues claro que lo hice yo!*», s'havia queixat la Vane sense alçar la veu. «*No me lo creo, Vanesa. Te ha ayudado alguien o te lo has copiado de algún sitio*», li va retreure la professora. «*¿Qué nota tengo?*», va preguntar encara la Vane. La professora no li havia donat el treball, que sostenia entre les mans.

—*La nota es lo de menos. El caso es que no te pondré nota hasta que me expliques de dónde has sacado la información. Que nos conocemos, Vanesa Carranza Hipólita. ¡Que sé que de tu cabecita no pueden salir expresiones como «idiosincracia», «fragmento argumentativo elíptico» o «infravaloración de los paradigmas»!*

No, evidentment aquelles paraules no podien sortir de la Pajarica. A ella li agradava escriure poemes, això sí, però poemes senzills que, quan no se'ls copiava d'algun poeta famós, contenien rimes tipus «Mi perro está fuerte y no deja de lamerte» o «Mi corazón lleno de amor es todo un primor».

—D'on has tret aquestes paraules, Vanesa? —li va preguntar en Tom—. La profe té raó: no s'ho creu ningú que les hagis escrit tu!

—*Ese día estaba inspirada...* —es va limitar a dir ella, sense alçar el cap.

—*¡Y una mierda, no! ¡Dos!* —l'escridassava la Croma, quan la resta d'alumnes del pati ja s'havien acostat a la cistella i ens envoltaven—. *¡Hiciste el trabajo porque alguien te ayudó, y encima nos mentiste diciendo que no lo habías hecho! La Lídia y yo te hemos ayudado* *muchas veces, Vanesa, y tu nos lo pagas de esa manera. La Lídia y yo sospechamos que tienes una nueva amiga y que siempre estás con ella y por eso pasas de nosotras. ¡Eso no se hace y nos vamos a alejar de ti y de tus amigotes!*

—No tindrem aquesta sort... —vaig sentir que murmurejava l'Àlex.

Evidentment era la Yuri, la seva germana superdotada, qui havia fet el treball sobre la novel·la. Aquella era l'explicació, però de tota manera era sorprenent que una nena de set anys pogués escriure «idiosincracia» i «paradigma».

—*Te lo has copiado, Vane. Está más claro que el agua* —va dir la Marga.

Les professores que vigilaven el pati es van acostar, i després de dissoldre de males maneres la reunió de curiosos, ens van preguntar què dimonis passava amb aquella nena enfurismada. A la Croma ja no només l'aguantava en Jerry, sinó que també ho feien l'Íker i en Pau. Renegava com una posseïda, i les profes van optar per endur-se-la a secretaria per calmar-la. La Brackets la va seguir a certa distància.

—*Vaya lío que has armado, Vanesa* —va dir en Pau.

—*Me ayudó una hermana mía. Pero solo un poquito.*

—La teva germana és filòloga o què? —va preguntar en Tom.

La Vane em va ventar una ullada.

—*Bueno, sabe de todo un poco* —va dir.

En aquell moment va arribar en Ferri, que arrossegava un nano de primer d'ESO agafat de la mà.

—Notícies fresques! El vostre insuperable home d'acció i actual espia en missió secreta us ha aconseguit un testimoni molt valuós! Ahir vaig interceptar una conversa entre aquest personatge, es diu Josep; saluda els meus amics, Josep —li va dir al pobre nen, que feia cara de no entendre res—, i la meva perspicàcia innata em va fer lligar caps i vaig pensar: Ferri, aquí hi ha un testimoni de primer ordre, *my friends*; i *ni corto ni perezoso* el vaig esperar a la sortida i li vaig fer un parell de preguntes que el pobre passerell va contestar no sense abans...

—Talla el rotllo, Ferri —va interrompre'l en Tom—. Ves al gra.

—Doncs resulta que en Josep, Pep *para los amigos*, oi, nano?, doncs en Pep es va trobar la setmana passada l'Enric Mitjà. I on?, us preguntareu, públic estimat i fascinat. Doncs en un....ta-ta-txan! Hospital!

L'Àlex va fer callar en Ferri de males maneres i li va demanar al nano que ens expliqués en quin hospital va veure l'Enric i què hi feia allí.

—I jo què sé què hi feia! —va dir en Josep—. Es devia visitar, no?

—I tu? Què hi feies tu a l'hospital?

—Jo vaig anar a veure un cosinet meu, que està malalt.

—I què li passa al teu cosí?

—Té càncer.

Tots ens vam quedar muts. Ens vam mirar els uns als altres, i a continuació vam mirar l'Àlex, que s'havia quedat amb la boca oberta i el cor encongit.

—A veure... no tothom que va a l'hospital ha de tenir una malaltia tan greu com la que té el cosí d'aquest nen... —va opinar assenyadament la Marga.

La seva intervenció, però, no va aixecar els ànims de la colla. En Josep va preguntar a en Ferri si se'n podia tornar a jugar a futbol. Allò que acabàvem de saber era molt gros i ens va trasbalsar, fins i tot a la Pajarica, a qui se li van humitejar els ulls. L'Àlex es va posar dempeus i se'n va anar cap a la classe.

—La Marga té raó. No ens podem precipitar. Que el cosí d'aquest nen tingui càncer no vol dir que... que l'Enric...

Tots volíem negar-ho, però la veritat és que cadascú va explicar casos de familiars o coneguts joves que patien o havien patit la malaltia. Gent en la flor de la vida que, de sobte, emmalaltia i allò capgirava tota la seva existència. A tots se'ns feia estrany que un tipus com l'Enric, tan actiu, tan trapella, tan inquiet (i tan atractiu, va apuntar l'Assump), pogués tenir dins dels seu cos, incrustada en les seves cèl·lules joves, una malaltia tan implacable.

Vam tornar a classe força abatuts. A l'hora d'educació física, el tutor «filòsof», com l'havia batejat en Tom pel seu costum repetitiu d'al·ludir a la seva filosofia, va decidir que no baixaríem a la pista ni aniríem al gimnàs, sinó que aprofitaria l'hora per fer els canvis de lloc que havia anunciat tornant de vacances de Nadal. Em vaig quedar de pedra quan va ser el meu torn i el profe va dir que continuaria asseguda amb la Marga.

—Com pot ser? Quina sort que hem tingut! —li vaig dir, feliç, a la meva companya.

—Sort i una mica de trampa —va contestar ella fent-me l'ullet.

Perquè resultava que la Marga havia negociat amb el tutor Albert que ella i jo continuéssim juntes. Que com ho havia fet? Doncs havia parlat amb la Mocho, i la Mocho havia parlat amb l'Albert.

—Són els avantatges de ser la coordinadora de classe del projecte dels padrins —es va limitar a dir.

No vaig dir res, però vaig pensar què passaria si la resta del club s'assabentés que la Marga, un cop més, havia fet servir la seva mà esquerra per guanyar-se els favors dels profes. Tenia fama de pilota i, pel que es veia, era merescuda.

L'Àlex va estar molt callat, com apartat de la resta, tant en aquella hora com en la següent. La Marga també havia aconseguit que l'Albert l'assegués amb l'Enric Mitjà, però com que no hi era, de moment seuria sol. De tant en tant em girava per mirar-lo, tan abstret i solitari, i sentia llàstima perquè estava segur que l'Àlex patia després de les revelacions d'aquell nen a l'hora del pati. Quan sortíem per anar a dinar, vaig esperar-lo.

—He de saber què li passa a l'Enric. M'importa tres raves que la seva mare no em deixi veure'l.

—I com t'ho faràs per parlar amb ell?

—Aquesta tarda, en sortir del col·le, em plantaré davant de casa seva i picaré a l'intèrfon fins que m'obrin o ell baixi.

S'ho va estalviar, perquè aquella tarda, després de dinar, l'Enric Mitjà va aparèixer a classe per primera vegada.

Em vaig fixar que estava més prim, i que caminava lentament, com si li pesessin les cames. No va entrar a l'aula amb la seva impulsivitat habitual ni va fer aquells jocs de mans típics dels rapers per saludar els seus col·legues. Tots van corejar el seu nom, van celebrar la seva tornada amb riures i escarafalls, però l'Enric no va reaccionar com feia sempre. Va entrar, es va dirigir a la seva taula i va seure sense dir ni piu. Hi havia alguna cosa en la seva expressió que havia canviat: feia els ulls d'una persona trista.

Els seus amics es van acostar on seia, el van envoltar, el van abraçar, el van despentinar i, interrompent-se els uns als altres, li van explicar anècdotes que havien passat els darrers dies. L'Enric, impassible, forçant un somriure, es va limitar a escoltar-los sense fer comentaris. Què li passava a aquell nen? Havia estat malalt, fins i tot l'havien vist en un hospital. On era la seva fatxenderia marca de la casa?

—No atabaleu l'Enric —va amonestar-los la professora d'anglès quan va entrar a la classe—. Cadascú al seu lloc i a callar, que començarem amb un *listening*.

Mentre sonaven a l'ordinador aquelles veus que parlaven en anglès, em vaig fixar que la professora no treia els ulls del damunt de l'Enric. Era clar que ella sabia què li passava i, estranyament, es mostrava preocupada per l'actitud d'aquell nano que sovint la treia de polleguera.

També em vaig adonar que l'Enric no havia dirigit ni una sola mirada a l'Àlex, que en teoria era el seu amic secret i seien de costat. L'Àlex, en canvi, passava del *listening* i no parava de mirar l'Enric, que es va mostrar absent durant tota l'hora i ni tan sols va agafar el boli per respondre el qüestionari.

—Has vist quina cara fa? —va observar la Marga—. Si sembla que acaba de veure un mort, com l'Íker.

A l'hora de la sortida, l'Enric es va incorporar lentament de la cadira i va recollir les coses en silenci malgrat el brunzit que feien els seus amics al voltant, que li proposaven anar al parc dels skaters. Ell va rebutjar l'oferiment fent que no amb el cap.

—Què et passa, tio? Sembla que t'hagin fotut una pallissa!

A la sortida, mentre l'Àlex tractava infructuosament de parlar amb ell, vaig descobrir la seva mare esperant-lo a la porta de l'escola. Des de quan la mare de l'Enric anava a buscar el seu fill de catorze anys al col·le? La dona havia deixat aparcat el cotxe en doble fila i va ajudar l'Enric a entrar al vehicle. Ho va fer d'una manera graponera, incomprensible en un adolescent tan àgil i mogut com ell.

—No t'ha dit res? —li vaig preguntar a l'Àlex, que, com jo, s'havia quedat palplantat observant com el cotxe de la mare de l'Enric s'allunyava.

—No. M'ha evitat. Com si li fes vergonya parlar amb mi.

—És el teu amic i alguna cosa li passa. No pots quedar-te de braços plegats.

—Què faig?

—Ves-hi. Fes-te pesat fins que aconsegueixis parlar amb ell. Potser t'ho està demanant a crits encara que no parli. De vegades el silenci és més expressiu que la cridòria. La meva mare sempre ho diu.

La primera tutoria que vam destinar al projecte d'apadrinament de nens de segon de primària va anar força bé. Per indicacions de l'Albert i sota la supervisió de la Marga, la coordinadora de la nostra classe, tots els de segon d'ESO vam portar un llibre de la nostra biblioteca personal. Havia de ser una història que ens hagués agradat molt quan érem petits. La mare me'n guarda un munt a la biblioteca de casa, i vaig poder triar i remenar. Finalment em vaig decidir per *Pondus, el pingüí*. El llibre l'havien regalat a la mare quan era petita, o sigui que ja tenia un munt d'anys quan ella me'l llegia a mi, i m'encantava. L'havien publicat a Dinamarca, i estava fet amb fotografies, no amb il·lustracions. A Pondus tot era com molt tranquil i senzill, i a mi m'agradava com havien disfressat l'animal amb una bufanda vermella. Els nens danesos devien estar acostumats a veure pingüins, disfressats o no, al zoo de Copenhaguen, però per a mi era sorprenent i inaudit. Vaig pensar que si el llibre era el preferit de la mare i el meu, la generació següent també l'admiraria.

Alguns companys i companyes no duien cap llibre. N'hi havia que s'excusaven dient que no en tenien cap a casa (com es pot no tenir un llibre a casa?) i d'altres, que se n'havien oblidat. El que va dur l'Íker no va servir: el tutor el va trobar massa cruel i sàdic per llegir-lo a un nen de set anys.

—Jo el llegia sense parar! —es va queixar—. I està ple de dibuixos!

—Però són dibuixos d'esquarteraments i massacres! Tots són vísceres i assassinats! És un còmic d'adults!

—Doncs a mi m'agradava!

—I així t'han anat les coses... —va remugar el tutor.

La Marga en va dur un en francès, i va advertir de seguida que el traduiria al nen o nena que li toqués. En Tom, resignat, va triar un àlbum il·lustrat colombià que tenia, com a rerefons, el conflicte dels desapareguts durant la dictadura argentina dels anys 70.

—També es pot mirar i explicar sense fer referències a la política. Dubto molt que el nen que em toqui tingui cap interès en una lectura més profunda.

—Això està bé, Tomàs —el va felicitar la Mocho quan vam arribar a la classe de segon—. Els àlbums il·lustrats tenen de bo que se'n poden fer diferents lectures segons les edats dels lectors.

El dia abans la Marga m'havia demanat l'opinió sobre la qüestió d'en Tom: quina mena de nen o nena podia encaixar amb ell? Quin tipus de perfil podria tenir perquè en Tom se sentís còmode i valorés positivament el projecte de la Mocho?

—T'ho pregunto perquè m'ajudis, Martina. Ho faig per en Tom, però també per mi. No m'agradaria que el nen més llest de la classe s'endugués una impressió negativa de la meva feina de coordinadora... Vull dir que, si al final de l'experiència resulta que tots els participants en fan una bona valoració, la meva gestió haurà estat un èxit... Vull dir que en sortiré reforçada i...

—Nena, al final pensaré com la resta del club...

—I què pensen de mi? Què vols dir, Martina?

—No res. Però em sembla que et puc ajudar en la «qüestió» d'en Tom.

Quan la meitat de la classe vam ser a l'aula de segon de primària (la resta rebrien els altres nens a la nostra aula), la Marga, sota la supervisió de la Mocho, va fer les parelles.

—Tom —va fer ella quan va ser el torn del bessó—, la nena que acompanyaràs és la Yuri. És aquella d'allà, la de la cua.

—La Yuri acaba d'arribar de l'Equador, Tomàs —va afegir la Mocho—. És una nouvinguda, però sembla llesta. Té una germana a tercer d'ESO.

En Tom va obrir molt els ulls i, bocabadat, es va quedar mirant la Mocho.

—Nouvinguda? Equatoriana? No parla ni català?

—N'està aprenent, Tomàs. En aquest tema et demano una mica de paciència.

—És germana de la Pajarica —el va informar la Marga amb veu baixa.

—Germana de la Pajarica? —va exclamar en Tom, que no se'n sabia avenir.

La Marga em va mirar dubtant si el meu consell

d'emparentar en Tom amb la Yuri era realment una bona pensada. Jo em vaig limitar a moure el cap afirmativament.

—Que m'ha tocat la germana de la Pajarica? A qui se li acut que jo...? —no parava de lamentar-se en Tom—. Però qui dimonis ha fet les parelles?

—Dona-li una oportunitat, Tomàs —el va consolar la Mocho—. Si la cosa no rutlla, te'n buscarem una altra, no pateixis. Au, fill, ves amb la nena. Busqueu un raconet a la classe i explica-li el conte que has dut.

La Marga li va haver de donar una empenta per posar-lo en moviment. La Yuri, que se'l mirava somrient, li va donar la maneta i el va acompanyar fins a la seva taula.

A mi em va tocar un nen que es deia Nico. Semblava trapella i em va costar una mica convèncer-lo per seure al meu costat.

—Jo vull anar amb aquell de les ulleres! —es queixava assenyalant un de la meva classe—. No vull anar amb una nena!

—I això per què?

Després em va confessar que volia un nen i no una nena perquè als seus tres amiguets de la classe els havien tocat nens. Jo li vaig assegurar que era molt espavilada i que explicava els contes millor que ningú. Ell em va dir que no li agradava llegir contes (ni amb nens ni amb nenes) i que li agradava anar al pati. Jo li vaig assegurar que a mi també m'agradava anar al pati i jugar amb els amics, però que em sabria greu perdre'm una història tan divertida com la de Pondus.

—La de qui? —va preguntar.

En Nico, mentre llegíem la història, em va explicar que tenia una germana gran, la Cèlia, i que el seu pare se n'havia anat a viure a una altra casa amb una senyora que es deia Susanna, i que ell tenia una habitació a casa de la Susanna que compartia amb en Raül, que tenia si fa no fa la mateixa edat que ell.

—És el teu germanastre?

De tant en tant, jo observava el comportament d'en Tom, que seia al costat de la Yuri. Durant els primers minuts van parlar poc; després vaig apreciar un canvi en l'actitud d'en Tom, que es mirava la nena esbalaït mentre ella li assenyalava alguna cosa que hi havia al llibre. Abans d'acabar, la Yuri s'havia assegut còmodament a la falda d'en Tom, que mantenia la boca oberta mentre la nena garlava i anava girant les pàgines del llibre. Quan va haver passat una mitja horeta, la Mocho va proposar deixar la lectura i anar al pati dels petits perquè ens ensenyessin com era i com hi jugaven. Va dir que seria fantàstic que juguéssim una estona plegats i ens expliquéssim coses de les nostres vides: on vivíem, quants germans teníem, què ens agradava fer. Mentre jo sortia darrere d'en Nico, vaig sentir com en Tom preguntava a la Mocho si la Yuri i ell es podien quedar a la classe, perquè volien acabar de llegir el llibre.

A l'exterior, la cosa es va desbordar una mica: els nens volien jugar amb els seus amics i passaven de nosaltres. De mica en mica, els de segon d'ESO vam acabar parlant entre nosaltres mentre els de segon de primària corrien i saltaven sense fer cas de les instruccions de la Mocho («Jugueu junts! Feu algun joc de colla! Interactueu!»). Finalment vam tornar a entrar a l'aula (en Tom i la Yuri continuaven concentrats en la lectura) i la Marga, com a coordinadora, va anunciar que la setmana vinent ens tornaríem a trobar i dibuixaríem.

Ens vam acomiadar dels nostres nens respectius i vam sortir de l'aula de primària per anar al pati. En Tom semblava abatut o estranyament pertorbat. Caminava capbaix sense participar en la conversa dels altres, que explicàvem com ens havia anat.

—Em sap greu, Tom —li va dir la Marga—. Si vols et buscaré un nen diferent per al pròxim dia.

Ell a penes va reaccionar. Va dir que no calia, que estava bé. Que havia resultat una experiència... curiosa (li va costar trobar un adjectiu). Mentre ens dirigíem a buscar l'entrepà abans de reunir-nos sota la cistella, m'hi vaig apropar.

—Flipes, no? —li vaig preguntar.

Ell va alçar el cap i em va mirar d'una manera estranya, com si s'acabés de despertar o algú li hagués plantejat una pregunta difícil. Negava amb el cap, els ulls ben oberts.

—Tu ho sabies?

—Ho intuïa —m'hi vaig sincerar.

—Aquesta.... nena... és realment germana de la Vane?

Li vaig explicar la història de manera resumida, i li vaig revelar el que jo havia sabut per boca de la Pajarica.

—No m'ho podia creure —va fer ell, al·lucinat—. M'ha deixat sense paraules. Primer miràvem els dibuixos i jo provava d'explicar-li la història del lleó que sortia al llibre. De seguida, potser només havíem passat tres pàgines, la nena m'ha preguntat si el conte tenia un sentit metafòric. Ha dit «metafòric», Martina, tal com t'ho dic jo ara. Li he dit que sí, que això es veia al final. «*Ya lo he intuido solo de empezar*», ha fet ella. Li he preguntat si sabia què era una metàfora, i ella ha fet que sí amb el cap. Després li he demanat si els nens i nenes de set anys ja estudien a classe què és una metàfora, i ella s'ha arronsat d'espatlles per, a continuació, preguntar-me si la història era una al·legoria política. M'he quedat de pasta de moniato. Els últims vint minuts hem estat discutint sobre a quina dictadura llatinoamericana feia referència l'autor. Jo m'inclinava per l'Argentina i ella, per la de Pinochet a Xile, tot i que no descartava l'Uruguai...

A la cistella ens esperava la Pajarica, molt interessada a saber si havíem conegut la seva germana. En Tom, a cau d'orella, em va preguntar com podia ser que la genètica fos tan absurda, i com una mateixa persona podia engendrar dos individus tan diametralment oposats.

—Li exposaré aquest dilema a la Yuri —em va anunciar en Tom—. M'ha passat el seu correu electrònic per seguir en contacte. Alguna cosa em diu que la nena pot tenir interès per la neurociència...

En Jerry, l'Àlex i en Ferri havien atès els seus nens respectius a la nostra aula. Potser per no trobar-se en el seu hàbitat escolar, els de segon de primària s'havien mostrat més prudents i cauts que els nostres.

—Li he demanat a la Mocho que volia tres nens, que amb un no en feia prou —va explicar-nos en Ferri—. Li he dit que soc un showman, i que estic acostumat a tenir auditori. Però ella m'ha dit que només me'n tocava un, que no hi havia tants nens i nenes a segon de primària. La nena es deia Montse. Això m'ha frenat una mica, tios. Montse és nom d'àvia. Jo m'esperava una Jayza o una Sheila, un nom amb més *flow*, tios...

—Ja sé qui és —ha dit la Marga—. Quan ha tornat a la classe ha dit que li havia tocat un pallasso...

—*Showman, baby. Showman* —va precisar en Ferri—. Li he rapejat el conte de les puces. «Les tres pucetes, uh, uh, uh, fan pastetes, uh, uh, uh...»

Vaig descobrir que l'Àlex no estava amb nosaltres, i en Jerry va comentar que s'havia quedat a la classe amb l'Enric Mitjà. Tenien permís del tutor.

—Es veu que l'Enric no es troba bé. No ha volgut participar en el projecte amb els nens de primària.

—Però què li passa, exactament? —vaig preguntar-li.

Ningú no ho sabia. Havia tornat al col·le i, segons la majoria, de mica en mica s'esforçava per ser l'Enric de sempre, però no ho aconseguia. Estava més prim i, de tant en tant, es posava unes ulleres per veure bé la pissarra o la pantalla del projector. Se les posava poc, tot s'ha de dir, perquè normalment no atenia durant les classes. L'Enric era un penques, el típic espavilat que vivia de renda (això opinava el meu pare): no treballava gens, retenia els quatre conceptes bàsics i complia amb els controls i els exàmens com si fos un tràmit. No llegia les lectures, perquè tenia col·laboradores (o fans) que ho feien per ell i li resumien de què anaven; no aspirava mai a treure més d'un aprovat pelat, però ja li anava bé per complir amb l'expedient acadèmic. No era un nano participatiu ni solidari: mai ajudava ningú i no feia res si no en treia benefici. Sabia, però, com guanyar-se els professors i com aconseguir que li perdonessin la vida.

Què li passava, doncs? Els dies posteriors a la seva incorporació a classe va fer el misteriós. A tothom que li preguntava responia que no en volia parlar. Quina malaltia tenia? Com havien justificat les faltes els seus pares? Com havien aconseguit que alguns profes li perdonessin el lliurament dels treballs? Durant la primera classe d'educació física no va voler jugar a futbol. Nosaltres, els del club, ens vam estalviar d'aquesta manera els seus insults i el seu menyspreu. Un altre costum de l'Enric Mitjà era aquest: riure's del club de la cistella. Els bessons opinaven que, des de la incorporació de la Brackets i la Croma, motius no n'hi faltaven.

—És el que més em rebenta —deia en Tom—, que de vegades té raó. Com no fer broma de nosaltres tenint tan a la vora aquests dos personatges?

—A mi l'Enric Mitjà m'importa una merda —solia opinar la Croma—. Les de la meva classe el troben guapo i irresistible, però a mi m'agrada més un altre tipus de noi.

—Més primitiu? —li va preguntar l'Íker, fotent-se'n.

—Vols que et trenqui la cara, desgraciat?

Aquells primers dies, doncs, l'Enric no va jugar a futbol ni va quedar amb els seus amics idiotes a la sortida del col·le per anar al parc dels skaters. El que no va deixar de fer, en canvi, va ser escarnir la Tarta quan parlava, o posar dels nervis el professor Siscu a Història, o riure's del projecte de la Mocho.

—Segon de primària? No hi penso participar. No vull que aquestes criaturetes quedin traumatitzades de per vida: no sé si se'n podrien estar de ser seduïdes per un paio com jo —va arribar a dir el molt imbècil.

A mitjans de febrer hi hauria l'esquiada. Cada dos anys, l'escola organitzava tres dies d'excursió a Masella. Hi anaven, voluntàriament, els alumnes de segon i tercer. Depenent del nombre d'alumnes es muntava un o dos autocars, es llogava una casa de colònies i es contractaven forfets de dos dics. Enguany ens tocava a nosaltres, i a circumstàncies normals, l'Enric hauria estat el primer a apuntar-s'hi, però en aquella ocasió, segons que em va dir l'Àlex, l'Enric segurament no vindria.

Als del club ens feia especial il·lusió perquè tots, tret d'en Harry, hi aniríem. Aquells dies ens van donar la nota informativa perquè els pares ingressessin una paga i senyal al compte del col·le per assegurar-nos plaça a l'excursió.

—*Yo no sé si voy a poder ir, Martina* —va confessar-me la Pajarica—, *porque en casa andamos justos de dinero. Y más ahora que, como dice mi madre, con la Yuri tenemos una boca más que alimentar...*

La Vane em va assegurar que allò li treia el son. El seu desig era estar-se tres dies amb mi per fer coses juntes.

—*Dormiríamos juntas, Martina, en la misma habitación. Y desayunaríamos juntas, y comeríamos juntas, y esquiaríamos juntas. Es mi sueño, te lo digo de verdad. Pero cuando mis padres vean lo que cuesta la excursión me van a poner todas las pegas del mundo...*

Tot i que només de pensar en aquella amenaça de tenir-la enganxada com una paparra nit i dia se'm regirava l'estómac, em sabia greu que per culpa dels diners la Vane no pogués acomplir el seu somni.

—Que la teva mare parli amb el cap d'estudis —li vaig recomanar—. Estic segura que hi ha d'haver alguna solució. No pot ser que marginin una alumna només perquè no pot pagar el preu de l'esquiada.

—*¡Es que sería fabuloso! ¡Todo el club juntos! ¡Sería como vivir una aventura! Creo que me voy a cortar las venas si no puedo ir...*

A mi, el que em feia por era que la festa d'aniversari del meu oncle Eusebi coincidís amb l'esquiada. La mare, però, em va dir que no m'amoïnés. Que, en tot cas, la festa seria un divendres a la nit o un dissabte, i per tant, si coincidissin les dates, jo ja hauria tornat. «Però estaré rebentada», vaig pensar.

—Mare, te n'han dit res els tiets de convidar en Pau a la festa?

—No. Per què ho preguntes? Creus que ho haurien

de fer? —Era evident que no li havien comentat res. La mare em va mirar estranyada, com si se m'hagués ocorregut a mi la possibilitat que en Pau hi assistís, cosa completament errònia i potser una mica absurda... L'oncle era especialista a ficar-te en embolics—. Trobo una mica desproporcionat, per dir-ho d'alguna manera, que una nena de tretze anys tingui la intenció de...

—Jo no tinc cap intenció! —vaig protestar.

—Aleshores, per què ho has preguntat?

Odiava haver-me de justificar per una qüestió tan ridícula! Vaig sortir de la cuina abans que la mare obrís la boca. Però, evidentment, la va obrir quan va trucar la meva germana, perquè la Sònia li va demanar que em passés el telèfon i em va preguntar com era que volia que en Pau anés a la festa del tiet.

—Vols dir que no et precipites, nena? —va dir—. Vols dir que et convé fer-ho oficial abans d'hora?

Vaig penjar el telèfon amb la necessitat d'amagar el cap sota el coixí. Vaig tenir clar que en Pau NO havia d'anar a la festa, i així mateix li ho vaig dir per whatsapp.

Martina
No crec que sigui una bona idea que vinguis a la festa del tiet

Pau
Ok. Has parlat amb algú?

Martina
No. Però penso que no s'entendria

Pau
El què?

Martina
Que vinguessis

Pau
Tu no vols que vingui?

Martina
A mi m'és igual!

Pau
No t'importa?

Martina
M'és igual

Pau
No t'importa la festa o no t'importo jo?

Martina
Bona nit

El tema dels treballs que van robar la Croma i la Brackets va portar cua. Els pares dels dos nens afectats, en Juli i la Mònica, van demanar cita amb la tutora per aclarir què havia passat i per què constaven com a «no presentats» quan tots dos alumnes havien fet el treball sobre la novel·la. Això que els pares vinguessin a reclamar, no devia agradar gens als professors (ni al director, ni al cap d'estudis), perquè es veu que la professora de castellà estava de molt mal humor i es va entestar a descobrir la veritat sobre l'afer.

—Vull una resposta creïble i una explicació lògica —va anunciar als alumnes de tercer d'ESO—, i m'agradaria que, si hi ha hagut alguna trampa o alguna irregularitat, el culpable o els culpables es retractin de manera voluntària. La mare de la Mònica assegura que la seva filla va picar el treball a l'ordinador. Això vol dir que demà mateix m'enviarà per correu electrònic el treball de la seva filla, i l'equip directiu i jo podrem contrastar si algú de vosaltres va presentar el treball de la Mònica en nom seu. És molt greu el que ha passat, nois, i no estic disposada a consentir-ho.

Evidentment, aquell dia ni la Croma ni la Brackets es van atrevir a confessar el seu delicte. Totes dues, assegudes cadascuna a la seva taula, es van limitar a escoltar, capbaixes, les amenaces de la professora. Totes dues eren conscients, però, que quan la mare de la Mònica enviés el treball a la professora, es descobriria la malifeta i serien castigades.

A l'hora de sortida del col·le vaig comprovar que jo era l'única persona que coneixia la veritat. Cap dels meus companys del club n'estava al cas, i entre ells, especialment els de tercer, en Pau, l'Assump i la Vane, feien conjectures sobre qui i per què havia robat els treballs.

Quan estava a punt d'arribar a casa vaig descobrir que la Croma i la Brackets m'esperaven davant de l'edifici.

—Martina! Ens has d'ajudar! Estem desesperades i no sabem què fer! —em va suplicar la Croma.

La tensió que patia per dins enduria, encara més, les seves faccions bastes i dures, com de nena a mig fer. Corrugava molt les celles i uns plecs gruixuts se li marcaven al front. La Brackets plorava com una magdalena, i gemegava tot dient que la seva mare es posaria feta una fera i la tancaria en un reformatori.

—I jo què voleu que hi faci! —els vaig dir—. Ja us vaig advertir: el millor hauria estat confessar de seguida la bestiesa del robatori i potser no hauria passat res!

—Tu ets una nena intel·ligent i potser se t'acut com ajudar-nos! No podem confiar en ningú més! Si aquella dona envia demà el treball a la professora, tothom sabrà la veritat i serem castigades! Segur que no ens deixaran anar a l'esquiada!

Vam seure totes tres a les escales de casa meva. La Croma va ordenar amb brutalitat a la Brackets que deixés de somiquejar, que l'estava posant més nerviosa.

—Ez que la mare no em deixarà anar méz a claze de zumba...

Vaig decidir que no hi havia res a fer, i que, encara que fos massa tard, justificar-se i declarar la seva culpabilitat era l'única solució possible. Els professors ja haurien marxat cap a casa, però potser el director o el cap d'estudis encara eren a l'escola. Havien de tornar-hi, demanar de parlar amb ells, confessar-ho tot, demanar perdó i evitar així que l'endemà fossin l'escarni de tota la classe.

—Si la profe sap la veritat per boca del director i accepta les vostres disculpes, demà durant la classe no dirà res davant dels vostres companys. Tot i que sereu castigades, si més no no haureu d'afrontar la vergonya de ser desemmascarades davant de tothom.

Totes dues hi van estar d'acord: no hi havia cap altra possibilitat. La Croma es va posar dempeus, va agafar la Brackets de la mà, i es van posar a córrer carrer avall per tornar a l'escola i demanar una entrevista amb el director.

Mitja hora després, mentre jo era a l'habitació fent els deures de mates, van trucar a l'intèrfon de casa.

—Martinaaaaa! —la veu gutural de la Croma era tan forta que em vaig haver d'apartar l'auricular de l'orella—. No hi ha ningúúúú! Tots han marxat! Només hi ha la secretària i el personal de la netejaaaaa!

Vaig baixar, perquè em feia por que els veïns s'alarmessin amb els crits d'aquella nena boja que xisclava com una bèstia. La Brackets s'havia tret les ulleres i es fregava els ulls de tant que plorava. Després d'intentar que es calmessin una mica, se'm va acudir esbrinar l'adreça de la professora i que anessin a parlar amb ella a casa seva.

—A casa seva? I on deu viure, aquella dona? I si viu fora de la ciutat?

No hi vivia, fora. Jo ho sabia perquè resulta que en Harry era veí seu. Alguna vegada, especialment a principis del curs passat, en Harry se l'havia trobada al metro. Un cop, després de saludar-se a l'andana, la professora li havia prohibit agafar el metro i l'havia obligat a tornar a casa seva a canviar-se. Li va dir que anava tan brut que fins i tot feia pudor, i que la seva obligació era tenir cura de la higiene dels seus alumnes i que no podia permetre que entrés a l'escola fent aquella ferum i lluint una samarreta tan tinyosa. En

Harry no va tenir altre remei que fer-li cas i des d'alesħores intentava evitar-la.

Vaig trucar a en Harry i li vaig preguntar si sabia l'adreça exacta de la profe de castellà. Vam tenir sort, perquè el nen l'havia vista un parell de vegades entrar a l'edifici de casa seva.

Atabalades com estaven les dues tòtiles, vaig acceptar la proposta d'acompanyar-les i evitar que fessin més bajanades. Els vaig advertir que jo no pujaria a parlar amb la professora, i que les deixaria davant de la porta.

Vam agafar el metro. La gent que hi viatjava no paraven de preguntar-se què li devia passar a aquella nena de les ulleres de cul de got que bramava com si l'haguessin de matar.

—Para de plorar, Lídia! Estàs cridant l'atenció i fas el ridícul! —l'amonestava la Croma.

Quan vam ser al carrer i comprovàvem el número de l'edifici de la professora, la Croma va fer un crit i ens vam aturar.

—No és el director aquell home? —va dir assenyalant un paio que estava dret davant de la porta del número que buscàvem.

I sí, efectivament era el director del col·le. Quina casualitat, vaig pensar. Totes tres ens vam quedar palplantades a una vintena de metres.

—Viu aquí també, el director? —es va preguntar la Croma en veu alta.

—Potser ha anat a veure la professora —vaig suggerir—. Penso que heu tingut sort: podreu demanar-los perdó a tots dos alhora. La meva àvia en diria «matar dos pardals d'un tret».

I just quan ens disposàvem a acostar-nos-hi per saludar-lo, la professora de castellà va sortir per la porta. Anava molt ben vestida, pentinada i maquillada, com si anés a una festa. Va apropar-se al director, el va abraçar i, cosa que ens va deixar totes tres al·lucinades, li va plantar un petó llarguíssim als morros.

No vam saber com reaccionar. Estaven enrotllats el director i la profe de castellà? Era més que evident. Però hi havia alguna cosa que no quadrava. El director estava casat. La seva dona havia vingut més d'una vegada a les festes que l'AMPA organitzava a final de curs. També l'havia vista un cop que el director va fer una conferència per als pares dels alumnes que estaven a punt de començar l'ESO. Jo feia sisè aleshores, i hi havia anat amb el pare i la mare. La dona del director seia a primera fila, i, fins i tot, va saludar els pares quan van felicitar el director després de la xerrada.

—Zón nòvioz? —vaig sentir que preguntava la Brackets, que havia deixat de plorar tot d'una.

El director i la professora van separar finalment les boques i es van estar dient coses que devien ser romàntiques, ben enganxats l'un amb l'altra davant de la porta. Ella li passava el braç al voltant del coll i ell la tenia agafada per la cintura.

A partir d'aquí tot va anar molt de pressa. Ells es van girar disposats a caminar carrer amunt i aleshores ens van veure, totes tres aturades al mig de la vorera, immòbils i amb els ulls fora de les òrbites. Vaig ser testimoni de com la parella es quedava plantada de cop, tan immòbil com nosaltres tres, i també vaig notar com es deixaven anar de la mà i com envermellia de manera exagerada el rostre ben maquillat de la professora.

Van ser uns segons, però separats per una vintena de metres, cinc persones, dos adults i tres nenes, vam restar aturats com estàtues al mig del carrer mentre els altres vianants ens passaven pel costat. Entenent que la situació era estranya, o delicada, o complicada, o incòmoda, vaig obrir la boca per dirigir-me a les meves acompanyants:

—Aprofiteu ara. Aneu i confesseu la veritat.

Totes dues, sense ni tan sols mirar-me, desorientades com estaven per haver interromput aquella intimitat secreta, es van acostar a la parella. Jo no em vaig moure i no vaig poder escoltar què els deien. Mentre la Croma parlava en nom de les dues, el director i la profe em miraven a mi. Potser es preguntaven què hi feia jo allí amb aquelles nenes absurdes. O potser els sabia greu que precisament jo, la Martina, formés part d'aquell tercet inesperat que els havia enganxat *in fraganti*.

Quan la Croma va dir el que havia de dir, i sense que la Brackets deixés anar ni una sola llàgrima a causa de la impressió, el director i la professora van intercanviar unes frases amb elles, i després van girar cua (no sense abans ventar-me una darrera mirada) i van caminar en direcció contrària. Ja no s'agafaven de la mà, sinó que caminaven de pressa com feien quan recorrien els passadissos de l'escola.

—Diuen que ok —va explicar-me la Croma, quan tornàvem cap al metro—. Que demà en parlarem. Que no està bé el que hem fet, però que sempre és preferible demanar disculpes.

—I res més?

—També els he demanat que, si us plau, no ens facin quedar en ridícul davant dels altres. La professora ha tornat a dir que demà en parlarem.

—I res més? —vaig insistir—. No us han dit res sobre el petó que s'han fet?

—No. Jo crec que se l'han fet amb llengua —va afegir la Croma.

Durant el viatge de tornada, elles comentaven com devia ser que un nen et fiqués la llengua dins la boca. Totes dues van dir que els faria una mica de fàstic, però que els grans se'n feien molts i que, per tant, no devia ser tan desagradable. La Brackets em va preguntar si en Pau m'havia fet un petó amb llengua com el del director a la professora, i jo no vaig contestar.

—Farem una cosa —els vaig recomanar—. No direm res a ningú del que hem vist, ok? Demà la professora parlarà amb vosaltres i us dirà com pensa solucionar el problema. Vull dir, que potser el càstig no serà tan dur com us pensàveu... No sé, però intueixo que és millor no dir res a ningú fins que s'hagin aclarit les coses.

—O sigui que no direm a ningú que hem parlat amb ells...

—Exactament. Ni tan sols que els hem vist. Ningú sap que vàreu robar els treballs. A veure què passa.

—Però zo em pregunto... —va fer la Brackets—. Ez poden fer petonz amb llengua zi portez ortodònzia?

—Que vols provar-ho, Lídia? —se'n va riure la Croma—. A veure si se li enganxa la llengua amb els ferros!

Vaig separar-me de les dues nenes a la sortida del metro, i just quan passava per davant del parc que hi ha a la vora del col·le, vaig veure l'Àlex i l'Enric. Estaven asseguts en un dels bancs de pedra de l'entrada. Ja era ben fosc, però un fanal proper els il·luminava. La nit abans, l'Àlex no havia aconseguit xerrar amb ell, però ara la trobada s'havia produït. Encara no m'havien vist quan vaig aturar-me, i vaig sospesar la idea de creuar el carrer i passar per l'altra vorera sense saludar-los. Conversaven tranquil·lament, i devia fer estona que ho feien, perquè tenien les motxilles als peus i això volia dir que encara no havien passat per casa des que havien sortit de l'escola. La qüestió de la malaltia de l'Enric em tenia molt intrigada, i em preguntava, ara que sabia segur que n'havien parlat, si l'Àlex me n'explicaria alguna cosa o si, per lleialtat al seu amic, no me'n diria res.

El meu impuls va ser apropar-m'hi. Els nanos van deixar de parlar quan em van veure.

—Hola. Què hi feu aquí? —vaig preguntar-los, despreocupada.

—Ja no estàs amb les teves amigues? —va preguntar de seguida l'Enric—. T'hem vist passar atabalada fa una estona amb la Croma i la nena dels bràquets.

—Les havia d'acompanyar a solucionar un problema...

—La Martina sempre solucionant els problemes de la seva colla de friquis —va fer l'Enric, despectiu.

L'Àlex, com sempre, no va badar boca. Ni per defensar-me a mi ni per defensar els del seu club.

—I tu? Ja et trobes bé? —vaig preguntar-li a l'Enric amb un to impertinent—. Encara és un misteri el que et passa? Ni l'Àlex en sabia res ahir.

Tots dos se'm van quedar mirant en silenci. Finalment, l'Enric va parlar:

—Ara ell ja ho sap —es va limitar a informar-me. L'Àlex va abaixar el cap.

—Tu sempre tan generós. No t'entra al cap que la gent pot estar preocupada?

—Els del teu club? —va fer ell, foteta.

—En general. Hi ha bona gent que es preocupa pels altres. Això a tu et deu sonar a xino. Em jugo el coll que li has fet prometre a l'Àlex que no ens expliqui res.

—Ho he fet? —va preguntar ell dirigint-se al seu company.

L'Àlex va fer que no amb el cap. Després em va demanar que m'assegués al banc amb ells.

—A l'Enric li han diagnosticat una malaltia. És crònica. L'Enric ha d'aprendre a conviure amb ella.

—Quina malaltia? —vaig voler saber.

—Es diu esclerosi múltiple —va dir l'Enric—. N'has sentit a parlar?

El nom em va deixar perplexa, perquè vaig imaginar una malaltia greu. Pel meu cap van passar imatges de persones que no es podien moure o que ho havien de fer amb cadira de rodes. De seguida em va sonar un lema que havia sentit els darrers estius quan anava a la piscina a la Garrotxa. «Mulla't per l'Esclerosi Múltiple». Feia un parell d'anys que la mare ens va dur a la piscina, a la Sònia i a mi. «Avui ens banyarem per una bona causa», ens va informar. I sí, hi havia molta gent a la piscina aquell migdia, i es venien productes de marxandatge com ara tovalloles o samarretes amb aquell logo. No recordava exactament, però, el que la mare m'havia explicat sobre la malaltia.

—Però... un nen pot tenir esclerosi múltiple? Jo em pensava que era una malaltia de gent gran.

—La doctora em va dir que és més normal que t'afecti quan tens vint-i-cinc o trenta anys. Però els nens també la poden patir. Jo en soc un exemple.

—I què et passa, exactament?

—És un problema de les meves defenses. En comptes de defensar-me, m'ataquen —va dir l'Enric—. Abans de Nadal vaig tenir el primer atac. No m'havia passat mai abans: estava menjant un plat de sopa i no vaig poder sostenir la cullera. Em vaig tirar la sopa per sobre. Era com si se m'hagués adormit la mà.

—I per què et va passar això?

—Ja t'ho he dit. Hi ha coses dins del meu cos que em van en contra i fan que no em respongui com havia fet sempre.

—Aquell dia —va continuar l'Àlex—, l'Enric no

podia encertar a prémer l'interruptor de llum. El dit se li desviava. El dit no feia allò que el cervell li demanava.

—Uns dies després vaig tenir un segon atac. Aquell va tenir efectes motrius, no només sensitius. Un peu no obeïa l'ordre de caminar després de l'altre. Fixa't tu quines coses —va fer l'Enric—. Em van dur a l'hospital i em van fer una ressonància magnètica. Allí m'ho van diagnosticar.

Em vaig quedar en silenci observant-los a tots dos. M'estaven suggerint que arribaria un dia que l'Enric no podria fer res perquè el seu cos no l'obeiria i s'hauria de quedar postrat en una cadira de rodes?

—És tard —va dir l'Enric—. Els meus pares pateixen des que em passa tot això.

—Normal —vaig admetre—. I... això que tens anirà a més?

El nano es va arronsar d'espatlles i després es va posar dempeus.

—Espero que no. Em medico. Em controlen.

Controlar l'Enric Mitjà! Això era tota una novetat.

—Em canso més que abans —va continuar el nen—, i és com si tot ho fes més lent i se m'acabessin les piles. Em vaig espantar molt, perquè a part de la paràlisi vaig perdre l'equilibri i la coordinació. És una sensació molt estranya. Jo era un xaval sa i fort, i ara tinc por que tot se'n vagi a la merda. No et sona haver-ho vist a cap pel·lícula? Hi ha gent que va perdent la mobilitat. N'hi ha que no es poden moure mai més.

—Et pots morir? —em vaig atrevir a preguntar-li.

—No. La doctora diu que no és mortal. Però no sap com m'afectarà d'ara endavant. Hi ha gent que es deteriora de seguida... Els venen atacs molt seguits, i cada atac és una passa enrere. Espero que no sigui el meu cas.

—Martina —va dir l'Àlex, que també es va posar dret i es disposava a acompanyar l'Enric a casa seva—. Penso que és millor que els altres no en sàpiguen res. De moment.

—Ok.

—Si em converteixo en una cosa rara, em podré apuntar al vostre club de patètics —va dir l'Enric abans de marxar.

«Quantes descobertes en una sola tarda», vaig pensar mentre caminava cap a casa. I no em podia treure del cap el to en què l'Enric havia parlat quan m'explicava què li passava. Mai s'havia expressat d'aquella manera. Vaig arribar a la conclusió que hi havia una circumstància que amenaçava de canviar l'actitud del nen, i era la por. L'Enric de sempre, el fanfarró, el que se'n fotia de tothom, el que arriscava, el que tirava pel dret petés qui petés; el nen que estava segur d'ell mateix, el que sabia que el perdonarien si s'equivocava, el que se sabia autosuficient i per això pretenia no necessitar ningú, aquell nano ara tenia por.

Vaig sopar amb els pares, i després d'acabar els deures de mates em vaig connectar a Internet per saber què era allò que patia l'Enric Mitjà. En deien «la malaltia de les mil cares», perquè a cada pacient l'afectava de forma diferent. Vaig llegir que la causa era un deteriorament de les fibres nervioses o neurones. El propi cos, el sistema immunitari de la persona, és el que provoca la seva inflamació. El cervell podia donar ordres a les diferents parts del cos a través de les neurones, però els músculs no l'obeïen.

L'esclerosi afectava el cervell i la medul·la espinal, i el malalt patia símptomes de caràcter motriu, sensorial i, sobretot, fatiga. Vaig trobar un vídeo en el qual un metge explicava que l'origen de la malaltia era desconegut i que les causes que la provocaven eren moltes. No sempre tenia a veure amb la genètica, o sigui, que l'Enric podia no tenir familiars que la patissin. El doctor parlava de processos infecciosos i d'altres ambientals. També deia que els pacient patien «brots», que eren aproximadament atacs, i que hi havia malalts que en podien tenir un cada deu anys i d'altres, deu cada any.

Em vaig preguntar si allò que li havia passat a l'Enric amb la cullera de sopa havia sigut un brot. Vaig trobar un apartat sobre l'esclerosi en nens i adolescents. No estava segura de voler saber què li passaria a l'Enric Mitjà si no ho podia explicar a ningú. Però tenia molta curiositat i vaig clicar sobre el link. Com m'havia dit ell al parc, l'esclerosi no era gaire freqüent en els nens. La qualificaven de «remitent recurrent», que volia dir que els atacs i els símptomes venien i desapareixien, i que el malalt, entre l'un i l'altre, podia millorar i fins i tot recuperar-se del tot abans de recaure de nou. Vaig estimar-me més parlar directament amb l'Àlex i li vaig trucar al mòbil.

—L'Enric em va confessar que fa un any i mig li va passar una cosa semblant, però que els metges havien pensat que podia ser una encefalo-no-sé-què. No ho va dir a ningú. Aquest cop va tenir un brot just abans de Cap d'Any. El primer brot fort, més greu que allò de la sopa. Va començar amb un pessigolleig i al cap d'una estona tenia paralitzada la meitat del seu cos. És fort, no?

—Fortíssim...

—Ha passat unes vacances de merda. Els seus pares estan molt preocupats. Van al·lucinar quan l'Enric els va assegurar que no sentia el cos del coll en avall.

—Què li passarà ara?

—No es pot preveure. Potser semblarà que es recupera del tot, però la malaltia va fent la seva feina. L'esclerosi afecta cada persona de manera diferent.

—Ho he llegit a internet —li vaig revelar—. I es medica?

—Es punxa tres cops per setmana. Els metges li han dit que ho ha de fer així i està aprenent a fer-ho sol. No es pot punxar sempre al mateix lloc. Un dia ho fa a la panxa, un altre dia a les cames, un altre dia al cul o a la cintura. També es pren pastilles, analgèsics o coses així.

L'Àlex i jo vam estar una estona en silenci. No sabíem què dir.

—Li ha passat a ell. També ens podia passar a qualsevol de nosaltres.

—Per força li canviarà la vida —vaig pensar en veu alta—. Potser no podrà ser més l'Enric d'abans.

—Ell diu que la malaltia no el guanyarà. Que lluitarà contra ella.

—Però és dins seu! La malaltia és ell mateix... Aleshores haurà de lluitar amb ella, no contra ella!

L'Enric Mitjà s'havia enfrontat a un munt de nens i nenes, perquè era un buscabregues i no es tallava ni un pèl a l'hora d'encarar-se amb gent més gran. Però sabria lluitar, amb només catorze anys, contra ell mateix?

4
L'amiga d'en Tom

En Tom va seure amb la Marga i amb mi al laboratori. En hores lectives, com que els dos bessons compartien aula, la Marga els distingia perfectament, i era durant les matèries on podíem interactuar (plàstica, laboratori, música) quan en Tom es mostrava feliç. La Marga se li dirigia pel seu nom i no el confonia amb en Jerry i, a més a més, sempre admirava la seva destresa, aplaudia les preguntes que formulava als professors i lloava els resultats dels experiments, les proves o els dibuixos que fèiem plegats.

—No sé què seria de nosaltres sense tu, Tom!

Aquell matí, però, en Tom estava diferent. I era just un dia que la Marga no només s'havia posat un jersei que li quedava moníssim, sinó que es mostrava especialment afalagadora amb la perícia del bessó en l'ús dels materials que el profe de química havia disposat damunt de les taules.

—Quina precisió, Tom! Has encertat exactament les mides justes de cada producte!

En Tom, abillat amb la seva bata blanca que el feia

més gran i el transformava en un científic, no li feia cas i passava d'ella com no havia fet mai abans. Fins i tot, en dues ocasions, se li va dirigir amb una manca de respecte que ens va deixar totes dues descol·locades.

—Aparta, nena! —li va dir primer, quan intentava abocar damunt d'un recipient un raig d'alcohol i la Marga li feia nosa—. No ho toquis amb les mans, marrana! —li va dir després, quan la Marga, intentant ser útil, va provar de ratllar un tros de sabó sense posar-se els guants de làtex.

Mentre desàvem les coses i ens trèiem les bates, la Marga em va assegurar que les repetides faltes de respecte del bessó l'havien deixada muda.

—Sempre és molt atent amb mi. I fins i tot tu em vas dir un dia que en Tom volia cridar-me l'atenció, no? Doncs avui no sé què li passa. O sí que ho sé —va afegir.

—Què saps? —li vaig preguntar.

—El que et diré ara sembla una bajanada, Martina. I quan l'Assump m'ho va dir ahir no m'ho podia creure. Però avui, *visto lo visto*...

—Què et va dir l'Assump?

—Doncs em va dir —em va explicar mentre baixàvem les escales del tercer pis per anar al pati— que ahir una de la seva classe es va trobar en Tom a mitja tarda i fora del col·le amb una que tu i jo coneixem.

—Qui?

—La Vane, tia. Es va trobar en Tom passejant amb la Vane. Li vaig dir que no era possible. Com en Tom podia estar passejant amb la Pajarica si no la pot veure ni en pintura? Si no existeix al món cap nena que el pugui posar més nerviós que la Vane?

—No. No pot ser. I on devien anar?

—L'Assump no ho sap, perquè la nena que li va dir tampoc ho sabia. Es veu que caminàvem tan panxos pel carrer, conversant.

—I anaven sols?

—Sols no, perquè amb ells hi anava la germana petita de la Vane, la Yuri, ja saps qui vull dir. Resulta que cada tarda la Vane l'ha d'acompanyar a casa. Però i després, em pregunto jo? On devien anar després, quan van deixar la nena? És que fins i tot resulta increïble que en Tom acompanyi la Pajarica a casa seva a deixar la germana...

Quan vam arribar a la cistella, els del club ens hi esperaven. Havien iniciat una discussió per culpa d'en Ferri, que tenia el dia pesat i s'entestava a fer-los una crònica detallada (i suposadament divertida) d'un programa de la tele que havia vist la nit abans.

—No ens interessa! —l'escridassava l'Íker—. Plasta, que ets un plasta!

—Un plasta jo? *My God!* Intento parlar-vos d'un experiment social de primera categoria i de les conclusions que en vaig treure... de les meves brillants conclusions, deixeu-m'ho dir així, i vosaltres, colla de cafres...

—És un *reality*! Un simple i cutre *reality*, idiota! —li retreia l'Íker, envalentit, que odiava els *realities*.

Vaig ser testimoni de com arribava en Tom després

d'haver recollit el seu entrepà i s'asseia, discretament (i sorprenentment), al costat de la Pajarica. La Marga em va donar un copet amb el colze. I just a continuació es van acostar corrent la Croma i la Brackets, totes dues traient la llengua fora.

—Martina! —va xisclar la Croma—. El director vol parlar amb tu! T'espera al seu despatx! Ens ha dit que hi vagis de seguida!

La discussió sobre el *reality* es va aturar a l'instant, i tots els ulls dels membres del club es van dirigir a la meva persona.

—El director?

—Sí! El director! —insistia la Croma, obrint molt els ulls i fent ganyotes expressives per indicar-me, barroera, que jo devia saber per què el director em volia veure—. El director! Sí! —repetia ella.

—I per què el director vol parlar amb la Martina al seu despatx? —va preguntar en Pau.

—No ho sé! —continuava xisclant la Croma amb desfici—. Alguna cosa li deu haver de dir, no?

La cara de boja d'aquella nena primitiva va deixar intrigats els meus companys. Em vaig arronsar d'espatlles i em vaig posar dreta.

—Què deu voler? —em va preguntar la Marga.

I jo em vaig tornar a arronsar d'espatlles. La Croma i la Brackets m'hi van voler acompanyar.

—Ja ha parlat amb nosaltres dues. Sobre el tema del treball, ja saps què vull dir. La profe de castellà ens ha vingut a buscar a classe d'anglès i ens ha dut al despatx del director.

—Jo eztava molt nervioza... —va dir la Brackets.

—I què us han dit? Us han perdonat el robatori?

—Ah, sí —va fer la Croma, traient importància a l'assumpte—. Jo crec que més que del treball volien parlar d'allò altre... tu ja m'entens...

—Del *bezo de tornillo* —va fer la Brackets.

—Us han parlat del petó?

Ja havíem arribat a la porta del despatx, i just en aquell moment en sortia l'Enric Mitjà. L'Enric i jo ens vam mirar directament als ulls i vaig tornar a descobrir rastres d'inquietud en aquella mirada.

—Aparta't o et trenco la cara, xulo piscines! —el va increpar la Croma.

L'Enric va posar els ulls en blanc.

—Aquesta sembla sortida de *El planeta de los simios...* —es va limitar a dir.

—Passa, Martina —vam sentir la veu del director des de dins del despatx.

Vaig tancar la porta darrere meu. La profe de castellà no hi era. Estàvem ell i jo sols en aquella habitació.

—Seu —em va convidar a fer-ho a l'altre extrem de la taula que ocupava.

El director va recolzar els colzes damunt de la taula i va entrellaçar les mans. Jo no m'atrevia a obrir la boca fins que no ho fes ell. De seguida va endolcir el rostre i em va mirar amb simpatia.

—Suposo que t'imagines per què t'he fet venir, Martina. Ets una bona alumna, i et coneixem des de ben petita. Crec recordar que vens a l'escola des de P3, i ets estimada per tots els professors del centre. Bé, anem al gra. Ahir a la tarda, sense voler-ho, les teves amigues i tu vàreu ser testimonis d'una situació... com ho podríem dir... estranya, no et sembla?

Jo em vaig arronsar d'espatlles. No sabia exactament cap on volia dirigir la conversa.

—Anaves amb aquestes dues nenes... Que també t'he de dir que em va sorprendre que anessis amb elles... Vull dir que no feu el mateix curs, i elles són... diferents de tu. No ho dic per res de dolent, que consti. És només que se'm va fer estrany que estiguessis amb elles i que fossis amiga seva. Vull dir, que són un altre tipus de persona, que són singulars... i que tenen un esperit més... surrealista, no sé si m'explico.

—Sé què vol dir —vaig fer per animar-lo a continuar.

—Elles tenien un problema amb la Cristina, la professora de castellà. Ja saps que van robar uns treballs que no eren seus i que volien excusar-se.

—Sí, ho sé. Per això les vaig acompanyar a parlar amb la professora Cristina. No s'atrevien a anar-hi soles.

—Em pregunto per què no s'esperaven a parlar amb la Cristina avui, a l'escola, i per què van optar per anar-la a trobar a casa seva... ella no els havia dit mai on vivia, ni és gaire lògic que un alumne vagi a buscar a casa la seva professora... però vaja, ja hem quedat que aquestes nenes tenen aquest esperit... surrealista —va repetir—, i suposem que no volien ser amonestades en públic davant de tota la classe. En fi. El cas és que ja hem parlat amb elles, però també ens ha semblat necessari parlar amb tu, que ja sé que no tens res a veure amb el tema del robatori dels treballs, elles mateixes m'ho han assegurat un munt de vegades...

—No, no. Jo no hi tinc res a veure...

—Ho sé, ho sé. Estaves amb elles donant-los suport moral, per dir-ho d'alguna manera. A veure, Martina. Tu i jo ens coneixem, com deia, de fa molts anys. Conec i respecto els teus pares. —L'home va fer una pausa, va jugar amb les mans, que enllaçava i desenllaçava sense parar, i es va escurar la gola—. També saps que jo tinc una dona. La meva dona, vaja. Crec que l'has vista alguna vegada. Com que ets una nena llesta, Martina, també deus saber que la vida ens posa als adults, i també als joves, en situacions una mica complicades... Tot això t'ho dic, ara que mantenim una conversa privada de tu a tu, perquè la meva dona i jo no estem passant pel millor moment en la nostra relació. De fet, la meva dona, la Mercè, i jo estem en tràmits de separar-nos. Sí, la qüestió és aquesta. L'amor, que ens semblava que duraria tota la vida, doncs ens ha portat a aquesta situació, a aquest carreró sense sortida. Ara et parlo com a persona, com a Antoni, per entendre'ns. La Mercè i jo hem lluitat molts mesos per intentar salvar això nostre, però no ens n'hem sortit. De vegades passa, Martina, que de cop descobrim que la persona amb qui havíem pensat que compartiríem tota la vida... doncs que no...

Em semblava increïble que aquell home m'estigués parlant d'aquells temes al seu despatx a l'hora del pati.

Devia ser complicat per a ell mantenir una conversa d'aquella mena amb una nena de tretze anys que no era ni tan sols la seva filla. De tant en tant es passava un mocador per la calba de tant com suava.

—El cas és, Martina, que la Cristina i jo, la meva companya de feina Cristina i jo, hem iniciat una relació. Les teves amigues i tu vàreu ser testimonis ahir de l'estima que ens tenim i de l'alegria que ens dona compartir el temps lliure per fer activitats plegats... No és fàcil parlar de tot això amb tu, segur que te'n fas càrrec. La Mercè i jo encara no ens hem separat oficialment, i per això la meva relació amb la Cristina, ara per ara, és secreta, si més no, no és de domini públic, saps què vull dir? I que ahir ens veiessis en actitud amorosa, per dir-ho d'alguna manera, ens fa estar incòmodes. La Cristina i jo pensem que no és el moment d'anunciar els canvis en les nostres vides, i fins que jo no tingui formalitzada la meva separació amb la Mercè, pensem que ningú no n'ha de fer res del que fem o deixem de fer...

—Què em vol demanar?

—No et vull demanar res. Només vull que valoris tot això que et confio. Estic convençut que, sent com ets, Martina, et pots ficar en la nostra pell i entendre que si això nostre se sabés, si se sabés ara, dificultaria en excés la nostra feina a l'escola i desestabilitzaria les relacions amb la gent del nostre voltant.

—M'està dient que és millor no dir res del que sé, veritat, senyor Antoni?

—Exactament. I estic convençut que no ho faràs si

jo t'ho demano. El que em fa por... són aquestes dues amigues teves. La conversa que hem mantingut amb elles, tret del moment de jutjar la seva mala actitud respecte al tema del robatori d'uns treballs que no eren seus, ha resultat... com t'ho diria?...

—Surrealista?

—Això mateix. No sé fins a quin punt han entès les coses. He pensat, o hem pensat amb la Cristina, que fora bo que jo parlés amb tu en privat i t'expliqués tot tal com és, sense ocultar-ne cap aspecte. Jo, fins i tot, soc partidari que ho expliquis als teus pares, i que ells em truquin o em vinguin a veure...

—No és necessari, senyor Antoni...

—Fes el que creguis convenient, Martina. No m'agradaria que pensessis que amb aquesta conversa t'estic coaccionant per fer res que no vulguis. Potser els teus pares agrairan saber que hem mantingut aquesta entrevista...

—No serà necessari, senyor Antoni —vaig repetir.

—...però sí que et demanaré que m'ajudis amb la qüestió de les teves amigues. Jo confio en tu, però podríem dir que no em refio d'elles. Esteu en una edat complicada, Martina, i aquestes dues nenes atabalades... Ves a saber com explicarien, i a qui, el que van veure ahir. Com ho explicarien i amb quina intenció, m'entens?, i la versió que en podria donar una nena impulsiva com aquesta alta i grossa, saps què vull dir?, sense contrastar, sense encomanar-se a Déu ni al dimoni... no sé si m'explico. Elles no deuen saber ni que estic casat. De moment. Encara ara, vull dir.

—No. No ho deuen saber —vaig confirmar.

—Em poso a les teves mans, Martina. Parla amb elles. Que no pateixin per la falta que van cometre, que és greu, però que la Cristina s'encarregarà de mesurar-ne el càstig. Demanant perdó als afectats i donant-los una nova oportunitat per fer el resum de la novel·la potser n'hi haurà prou, saps què vull dir? Que no han de patir per res si es penedeixen del que van fer. Que no s'acaba el món per una falta. Que sempre som a temps de rectificar, només faltaria.

—Elles ja ho saben, tot això? Ja els ho han explicat bé?

—Ho hem fet tan bé com hem pogut, Martina. Però, com t'he dit, aquestes nenes... singulars, no sé si entenen les coses a la primera...

—Parlaré amb elles. No pateixi.

Vaig sortir del despatx del director quan ja havia sonat el timbre de final de pati. Els del club, tots, sense excepció, m'estaven esperant en rotllana davant de la porta. Em miraven expectants, tret de la Croma i la Brackets, que es mantenien capbaixes al costat de la Pajarica.

—*¿Qué te ha dicho?* —va preguntar ella—. *¿Te van a expulsar? ¡Si te echan, me voy contigo!*

—Però què t'empatolles, nena? —li va retreure en Jerry—. Què volia, Martina? De què heu xerrat tanta estona?

—No passa res. Era un tema personal que no té res a veure amb el col·le.

—Quin tema? —va preguntar la Marga.

—Res greu! Si us plau! És una cosa privada! —vaig provar d'escapolir-me de la rotllana de cossos.

—No m'agrada que hi hagi secrets entre nosaltres! —va rondinar la Marga.

Mentre pujàvem les escales, vaig sentir com tots ells es feien preguntes i alguns criticaven que jo em mostrés tan poc comunicativa. L'única que semblava estar per altres coses era la pobra Brackets, que s'havia acostat a l'Íker i li preguntava si li agradaria fer-li un *bezo de tornillo*.

—Què dius, nena! Estàs boja? Quin fàstic! —li va contestar ell abans de fugir disparat cap a la classe.

Després de la darrera hora lectiva de la tarda, amb la Marga encara de morros al meu costat i mentre recollíem els llibres i els estotjos, vaig sentir com en Tom li deia al seu germà que no l'esperés per anar a classe d'anglès a l'Institut Britànic. Els dos bessons s'estaven traient el First (enguany s'examinaven), i en Jerry li va preguntar on anava.

—He quedat amb una amiga —li va dir en Tom.

Jo estava pendent de l'Àlex, perquè em venia de gust que m'expliqués més coses sobre la malaltia de l'Enric. Vaig observar que tots dos s'acomiadaven amb una encaixada i que l'Enric se n'anava amb els seus col·legues. «Senyal que es troba bé», vaig pensar. La Marga em va dir adeu i se'n va anar de pressa perquè tenia classe de música.

Com que no tenia res millor a fer, vaig decidir seguir en Tom i comprovar si la seva cita secreta era amb la Vane. Efectivament, la Vane i la Yuri esperaven en Tom a la cantonada. Es van saludar amb poca efusivitat i es van posar a caminar en direcció a casa de les nenes. De què devien parlar, en Tom i la Yuri? La Vane, la germana gran, era només una excusa: no hi havia cap tema sobre el qual en Tom pogués debatre amb ella. Estava pensant si seguir-los quan vaig sentir una manassa sobre l'espatlla.

—Veus el mateix que estem veient nosaltres amb els nostres propis ulls? —va preguntar la Croma, que assenyalava amb el cap en direcció a les germanes Carranza Hipólita i el bessó—. Estàvem convençudes que la Vane tenia una amiga, però resulta que és un amic.

La Brackets assentia amb el cap, els braços encreuats damunt del pit, aclucant els ullets que se li engrandien monstruosament rere el vidre de les ulleres.

—Zón nòvioz. Com el director i la profezora.

Vaig aprofitar per demanar-los explicacions sobre l'entrevista que havien mantingut amb el director.

—La profe diu que hem de demanar perdó a en Juli i la Mònica. I que hem de fer el treball i lliurar-lo la setmana que ve. Jo no sé de qui ens el copiarem —es preguntava la Croma.

—I no heu pensat en la possibilitat de fer-lo vosaltres mateixes? De comprar la novel·la, llegir-la i fer el treball?

—Ui, nena, quina mandra! La Lídia diu que podríem fer xantatge a la profe. Que si no ens aprova, direm a tothom que s'ha enrotllat amb el director. No et sembla bona idea, Martina?

—No, no m'ho sembla. Us acaben de perdonar d'un delicte i ja esteu pensant en cometre'n un altre. Acabareu sent unes delinqüents. Vam quedar que no diríem res del que vam veure ahir. Els podem fer mal, al director i a la profe, si expliquem que estan junts. Són bones persones. Quan ells vulguin dir que surten, ja ho faran.

—I tampoc podem dir que en Tom surt amb la Pajarica?

—Tampoc, perquè no és veritat. En Tom, que és un bon nen, les acompanya a casa. La Yuri és la nena de segon de primària que li ha tocat, i li deu estar explicant contes pel camí. Fa una bona obra. No com vosaltres, que només penseu en delinquir.

—Martina, prezioza —va fer la Brackets, tota dolguda—, no cal que et poziz aizí...

Les vaig deixar palplantades i vaig caminar decidida cap al carrer per on havien desaparegut en Tom i les nenes.

Just a la cantonada, però, em vaig trobar la Pajarica sola, asseguda en un banc i mirant el mòbil.

—I la Yuri? —vaig preguntar-li de seguida.

—*¡Ay, Martina, qué susto me has dado! Pues por ahí andará, a lo suyo* —va fer ella, despreocupada.

—Però és la teva germana! I té set anys! Hauries de saber on va!

—*Está con el gemelo listo, no te preocupes. Oye, hija, desde que se conocen, son uña y carne. Yo me alegro, la verdad, porque la niña me estaba haciendo la vida im-*

posible.

—On han anat?

—*Se han metido por ahí* —va fer ella, encara despreocupada i pendent del mòbil—. *Una presentación de un libro o qué sé yo.*

La Vane havia assenyalat amb la barbeta la porta d'entrada d'una llibreria que hi havia al barri.

—I tu no els acompanyes?

—*¿Yo? ¡Pero si no entiendo ni papa! Prefiero quedarme solita mirando el Facebook ahora que me lo he bajado. Siéntate un ratito conmigo, Martina, y así platicamos de nuestras cosas.*

Només em faltava això, vaig pensar. Li vaig dir que tenia molts deures i que m'esperaven a casa. Em vaig allunyar uns metres, i quan vaig veure que la nena tornava a concentrar-se en la pantalla del mòbil, vaig acostar-me a la llibreria i vaig treure el cap per la porta. Hi havia un munt de cadires disposades al voltant d'una taula on dos homes mantenien una conversa. Asseguts a primera fila hi havia en Tom i la Yuri. El nen hauria d'estar estudiant per aprovar el First, i la petita hauria de ser a casa mirant dibuixos animats a la tele o berenant. Però allí estaven, l'un al costat de l'altre, escoltant dos senyors que ves a saber de què parlaven.

Va sonar el xiulet d'un whatsapp i vaig sortir de la llibreria per comprovar, com temia, que era en Pau. Estava fent entrenament de bàsquet, com cada dimecres, però s'havia escapat un moment per enviar-me un missatge preguntant-me si demà podríem quedar a la tarda. Li vaig dir que sí, i ell em va enviar l'emoticona d'un cor.

Quan passava per davant del parc, no vaig poder resistir la temptació de comprovar si l'Enric Mitjà hi havia anat amb els seus amics imbècils. Si ho havia fet, el trobaria a l'àrea dels skaters, fent el ximple i fumant.

M'hi vaig acostar dissimuladament fins a situar-me rere el tronc d'un arbre. En Tito Casona, l'Òscar Linares i els altres eren allí, tal com havia imaginat. No veia l'Enric, però, tot i que van sortir junts del col·le. Era possible que ell no pogués reunir-se a fer el boig? Que no ho pogués fer per salut?

—Què busques, Air Force One? —algú va preguntar darrere meu.

L'Enric, pinxo com era, m'observava amb les mans ficades a les butxaques de la caçadora i el cap lleugerament inclinat cap a la dreta. Què hi feia allí? Per què no estava amb els seus amics fent el burro? M'havia enganxat de ple i no em sentia amb ànims de dissimular.

—Et buscava.

—A mi? Ja ho sap el teu enamorat de tercer que vens a espiar-me? Ai, no, perdona. Que ets d'aquelles persones que et preocupes per la salut dels malalts. Ja m'ho vas dir ahir.

—Ets tan imbècil com sempre.

—Ara ho has dit. Soc com sempre. No ha canviat res.

—Només que ara tens esclerosi múltiple.

—I? Què vols dir amb això?

—No res. Que no ets allà amb els cafres fumant i fent bestieses amb el monopatí.

—Havia anat a pixar. Simplement.

La manera com em mirava aquell nen confirmava la sensació que havia tingut el vespre abans, quan me'l vaig trobar en companyia de l'Àlex. Alguna cosa em deia que no estava segur d'ell mateix, ni del que havia de fer ni del que havia de dir. I també que se sentia complagut que jo fos allí, «preocupant-me» per ell.

—Només volia parlar amb tu. Saber com et sents —em vaig atrevir a dir-li.

Ell va abaixar el cap i es va escurar la gola. Es va arronsar d'espatlles i va assentir amb un cop de cap.

—Ok. Parlem —va dir.

Ens vam dirigir a l'entrada del parc, al banc on havíem segut el dia anterior amb l'Àlex. «Així els teus amics no et descobriran xerrant amb mi», vaig pensar. La consideració del líder té molt a veure amb l'opinió dels que l'adulen i el segueixen. L'Enric Mitjà no podia permetre, de cap de les maneres, que els seus amics el veiessin amb mi.

—Què vols saber, Air Force One?

—No m'agrada que em diguis així.

—Així t'anomena tothom. Tret del club de la cistella.

Era realment un aspecte que ens diferenciava: jo no havia sentit mai ningú referir-se a l'Enric amb un malnom. Ningú ni en cap circumstància. Els del club, en canvi, gairebé tots en teníem un.

—Què vols saber? —em va demanar, quan vam seure l'un al costat de l'altre.

—Ahir vaig estar buscant per Internet...

—Mal fet —em va interrompre ell—. Va ser el primer consell que em va donar la doctora: «No busquis res a Internet referit a la malaltia».

—Per què t'ho va dir?

—Perquè s'hi publiquen infinitat de coses que no són certes, que són directament *fakes*. La tia devia pensar que, segons què llegís, m'acolloniria.

—I et vas acollonir?

—No vaig buscar informació a la xarxa. Ni una sola vegada.

—Què et passa, exactament? Com t'afecta l'esclerosi?

—Els malalts patim una mena d'atacs. En diuen brots. Els impulsos nerviosos que circulen per les neurones que estan deteriorades queden interromputs. Poden passar mesos entre un i l'altre. Jo, aquestes vacances, en vaig patir dos de molt seguits. Després del segon em van diagnosticar la malatia i em van derivar a l'Hospital Sant Joan de Déu. Va ser molt fort. Em va paralitzar tot el cos, del coll en avall.

—Eres a casa?

—Sí. Havíem sortit a comprar uns regals de Reis amb els pares i vaig tenir la sensació que alguna cosa es preparava. Com si se m'anessin adormint les parts del cos. Es tornava a repetir el mateix de feia una setmana. Quan vam arribar a casa, ja no em podia moure.

—Et van dur a l'hospital?

—Sí, és clar. M'hi van tenir ingressat més d'una setmana. Per això no vaig començar el col·le. Per què ho vols saber, tot això? Per què em seguies? Per què em preguntes?

Impulsivament, vaig decidir que li diria la veritat.

—És difícil d'explicar, però tinc la sensació que tu volies que t'ho preguntés.

—Jo? No t'he demanat res!

—Ja ho sé. És una sensació. Em fa l'efecte que em demanes a crits que vols parlar-ne. És molt estrany.

—Molt —va acceptar movent el cap.

—Els teus amics saben el que et passa?

—Ahir l'hi vaig explicar a l'Àlex...

—Em referia als teus altres amics. Als que són ara allà dins fent l'imbècil. Els ho has explicat?

L'Enric se'm va quedar mirant rabiüt. Quin dret tenia jo a preguntar-li aquelles coses?

—No n'han de fer res —va dir—. Tampoc ho han de saber els de la teva colla, Air Force One.

—No els diré res. Però penso que no és bo que no en parlis. Hauries de normalitzar això que et passa. Hauràs de conviure amb l'esclerosi, no?

L'Enric va girar la cara i va deixar la mirada perduda en algun lloc, a l'altra banda del carrer. Després va abaixar el cap i es va fregar les mans.

—No és fàcil —va murmurejar.

—Ningú ha dit que ho sigui.

—No estic preparat perquè em vegin... diferent.

Ningú n'ha de fer res —va insistir.

El gran Enric Mitjà. L'ídol totpoderós. Aquell per a qui no existien les fronteres. No, vaig pensar, no devia ser fàcil acceptar que els altres no et vegin com pensen que ets. Havia plorat l'Enric quan va saber que tenia esclerosi múltiple? Què havia passat pel seu cap? Vaig imaginar que ell, com ens passaria a tots, s'hauria enfonsat, mort de por, i s'hauria fet un fart de plorar. S'hauria vist, d'aquí a uns anys, incapacitat i assegut en una cadira de rodes? S'hauria imaginat que estaria impedit, que caminaria malament o que parlaria amb dificultat com els passa a alguns malalts? S'hauria enfonsat anímicament pensant que no podria estudiar ni treballar? Que els seus col·legues s'allunyarien d'ell perquè seria un discapacitat i no podria fer el que feien els altres?

Podia ser que algú l'hagués tranquil·litzat dient-li que no sempre havia d'acabar tan malament?

Sol o al costat dels seus pares, l'Enric Mitjà s'hauria sentit totalment indefens i vulnerable, n'estava segura. Com devia ser la imatge de l'Enric plorant i desfet? Com es devia trencar un nano tan jove com ell en el moment de saber que podia perdre les regnes del seu futur?

Durant la segona sessió amb els nens de primària, en Nico i jo vam seure a dibuixar, igual que feien la resta de companys i les seves parelles infantils. La Mocho va disposar làmines, ceres i llapis de colors damunt de la taula de la professora i ens va deixar total llibertat per agafar el material que necessitéssim i fer un dibuix lliure a quatre mans que després penjarien a la classe.

—Vull que dibuixis un camió de bombers, amb un munt de mànegues enrotllades i just el moment que set bombers baixen del vehicle, desenrotllen les mànegues i les connecten a una sortida d'aigua —em va demanar en Nico.

—Això és massa complicat! Jo no dibuixo tan bé! —vaig dir-li, i aleshores ell es va enfadar i li va anar a dir a la Motxo que volia un nen que sabés dibuixar.

—La Martina dibuixa molt bé avions —li va explicar la dona, mentre em feia l'ullet—. Altres mitjans no, però en avions és una especialista! Quina sort que has tingut!

En Tom i la Yuri no dibuixaven. Seien en una taula, l'un al costat de l'altre, i mantenien una conversa que devia ser molt interessant, perquè estaven tan concentrats que cap dels dos es va adonar quan va acabar l'hora.

—Aquesta nena és un prodigi de la natura, Martina —em va comentar en Tom mentre tornàvem a la nostra aula—. Té un coeficient intel·lectual fora del normal. Continuo sense entendre com pot ser germana de la Pajarica.

—De què parlàveu?

—Ahir em va passar per mail un article que va trobar a Internet sobre els efectes del canvi climàtic, i estàvem comparant l'avenç en la matèria des de les convencions de Kyoto i París, i la impotència davant del fracàs de la conferència de Madrid de la tardor passada. El món farà un pet, Martina. És inevitable. Sort que hi haurà dones com la Yuri que provaran de posar fre al desastre que s'acosta. Em connectaré a la xarxa i provaré que ens acceptin en un congrés internacional que es fa a Barcelona.

—Aquesta nena és una fan dels congressos...

—Per culpa de la seva estúpida germana no va poder matricular-se en un d'història de la humanitat. A veure si m'encarrego jo d'aconseguir places en el del clima.

La Marga se'ns va unir quan estàvem a punt d'entrar a la classe i va saludar en Tom efusivament. També li va preguntar com havia anat amb la germana de la Vane. Ell li va dir que bé, però va passar d'ella de seguida.

—No em puc creure que en Tom es mostri tan fred amb mi des que surt amb la Vanesa —es va lamentar ella quan vam seure—. Jo no sé què li veu a la maleïda Pajarica. Com no sigui la mida de les ungles... No vull ser pretenciosa, Martina, però estaràs d'acord que entre aquella pàmfila i jo no hi ha comparació.

—No surt amb la Vane. En Tom no s'entendria mai amb una nena com ella.

—Aleshores perquè m'ignora?

—Tu l'has ignorat des que el coneixes —li vaig retreure.

—No l'ignorava! Simplement em confonia de bessó! —es va justificar—. He de pensar una estratègia perquè es fixi en mi i no en l'altra!

A l'hora de socials, l'Enric Mitjà, que habitualment interrompia les classes del pobre Siscu, es va estar callat al costat de l'Àlex, que prenia apunts. De cop, l'Enric es va incorporar i li va demanar al profe si podia sortir de la classe, que no es trobava bé.

—Quina notícia! —va fer en Siscu, enfadat—. Havia d'arribar el dia que et trobessis malament amb tots els cigarrets que et fumes! No vas per bon camí, senyor Mitjà! Seu i calla! No et permeto que surtis de classe si no és amb una expulsió.

La resta de companys vam esperar una reacció irada per part del nen. Estàvem segurs que es posaria a cridar i l'enviaria a la merda abans de sortir. En una ocasió, durant el primer trimestre, l'Enric havia fet la seva actuació estel·lar el dia que la profe de castellà el va fer fora, escridassant-lo:

—*¡Mitjà! ¡Coge la puerta y sal de la clase! ¡Estás expulsado!*

I, literalment, l'Enric es va dirigir a la porta, la va alçar fins a desmuntar-la de les xarneres, i se'n va anar amb la porta en braços. Allò li va causar l'expulsió del col·le durant tres dies, però va ser la bretolada més comentada del trimestre.

Aquell dia, però, l'Enric es va quedar quiet observant el professor amb els ulls plens de ràbia. Els seus col·legues el van encoratjar a queixar-se. «Com permets que et digui això, Enric?» «Envia'l a pastar fang, tio!» «Qui és ell per dir-te què has de fer?» En Siscu ja veia que la situació se li descontrolava just aquell dia que havia pogut fer una classe més o menys normal.

—Voleu fer el favor de callar? Exigeixo silenci! —i dirigint-se a l'Enric—: Torna al lloc, senyor Mitjà!

Em vaig posar dreta instintivament. Jo soc una de les alumnes preferides d'en Siscu, perquè li tinc respecte i em coneix des de petita.

—Siscu —li vaig dir en veu baixa després d'acostar-m'hi—, jo l'acompanyaré a secretaria. L'Enric no es troba bé avui. Aquest matí també s'ha marejat. Està convalescent.

Mentre agafava el braç de l'Enric i l'empenyia fora de l'aula, vaig ser a temps de descobrir l'estupefacció als ulls dels meus companys de club: la Marga, els bessons, l'Àlex, en Ferri i l'Íker es van quedar de pasta de moniato davant la meva reacció.

L'Enric no em va dirigir la paraula mentre baixàvem l'escala fins a la planta baixa. A secretaria va demanar pel director, que era al seu despatx. Mentre esperàvem que sortís, em va dir que sentia un pessigolleig a la mà esquerra. La metgessa de Sant Joan de Déu li havia ordenat reaccionar de seguida en una situació similar.

El director el va fer entrar al seu despatx i em va ordenar que tornés a classe. Les mirades dels meus companys es van clavar en mi durant el trajecte de la porta a la taula.

—Què ha passat? —em va preguntar la Marga—. Per què has ajudat aquell imbècil?

No vaig saber què contestar-li. Em vaig girar un moment enrere i l'Àlex em va donar les gràcies amb un somriure.

—Què està passant aquí? —em va preguntar en Jerry, irat, quan es va acabar la classe—. Des de quan ets amiga de l'impresentable? També t'ha abduït, com a l'Àlex?

—He pensat que potser no feia comèdia i que es trobava malament de debò! —vaig provar de justificar-me—. Alguna cosa li deu passar, no? Ha estat un munt de dies sense venir al col·le!

—Jo tampoc ho entenc, Martina —va reaccionar la Marga—. L'Enric Mitjà no es mereix que l'ajudem. Ell mai ho faria per tu ni per cap de nosaltres.

—Potser és que jo soc bona persona i tinc sentiments —li vaig contestar.

—M'estàs dient que soc una mala persona? —es va esverar ella.

—Jo no ho he dit, això!

—Ah, no? És clar, tu ets la Martina, la que té un gran cor i vol ajudar tothom, especialment els imbècils que es riuen dels seus amics! —em va etzibar, cridant.

—Si més no, no soc una pilota corrupta com tu! —vaig xisclar.

Era el primer cop que ens barallàvem la Marga i jo. El que em va saber més greu és que els altres van fer costat a la Marga tot i que opinaven que era una pilota (perquè ho sabien) i una enredaire (que només ho intuïen, però jo ho podia certificar).

—Que baix que has caigut, Martina! —va escopir en Jerry amb ràbia.

—Ets una traïdora! —el va secundar l'Íker.

—No m'ho esperava de tu, *my friend*! —va reblar en Ferri, decebut.

En Tom, més assenyat, va exigir una reunió urgent sota la cistella al final de les classes.

L'Àlex no va acudir a la reunió, perquè de seguida se'n va anar a casa de l'Enric a esbrinar què li havia passat i quin era l'abast del possible nou brot d'esclerosi. Jo no podia informar la resta del veritable motiu d'haver defensat l'Enric davant de tota la classe, i l'Àlex no estava amb mi per secundar-me. Els de tercer d'ESO no estaven al cas del que havia succeït i flipaven davant de l'actitud desafiadora de la Marga, la meva gran amiga, que es va negar a dirigir-me la paraula fins que no li demanés perdó. Els de la meva classe els van explicar resumidament que el motiu de la discussió havia estat, involuntàriament, l'Enric Mitjà, a qui ells també odiaven.

—No pots posar-te al costat de l'Enric, Martina —m'alliçonava l'Assump—. Està molt bo i és un seductor, però sempre ens ha tractat malament i no s'ha preocupat gens per nosaltres.

—O ell o nosaltres, Martina —va afegir en Harry—. Sembla que l'Àlex i tu us heu posat d'acord per passar-vos al *costat fosc*.

La Croma, la Brackets i la Vane es van solidaritzar amb mi, però encara va ser pitjor, perquè tot el que elles deien o feien només servia per enfurismar els altres. En Pau, capbaix, no va moure ni un múscul de la cara per defensar-me. Quan en vaig tenir prou, els vaig deixar amb la paraula a la boca i me'n vaig anar a casa a dinar.

—No pots marxar així com així, Martina! —m'escridassava en Jerry.

—Feu-vos-ho mirar, colla de patètics! —vaig escridassar-los.

—Us hi heu fixat? Ja parla com l'Enric Mitjà! —va observar l'Íker.

Però ja no vaig escoltar el final del diàleg de totxos. Dolguda, incòmoda i enrabiada per no poder dir tot el que sabia, vaig córrer cap a casa sense evitar que em caiguessin les llàgrimes. En el fons del fons, vaig pensar, la situació que m'afectava era una mica culpa de l'Enric. Si jo els pogués advertir del seu problema de salut, els del club entendrien de seguida la meva reacció a la classe d'en Siscu, i tot el problema no hauria ni començat. El fet que l'Enric s'entestés a mantenir en secret la seva malaltia ens podia complicar la vida a tots.

Vaig trucar a l'Àlex al mòbil. Em va dir que l'Enric era a casa, que a la tarda el durien a Sant Joan de Déu i que, de moment, la cosa no havia anat a més. Li vaig explicar què havia passat durant la breu estona que ens vam reunir a la cistella i li vaig demanar ajuda.

—L'Enric no vol que expliquem res a ningú. Li ho vam prometre i ho hem de respectar.

—Ja ho sé. Però què volies que fes a classe de socials? Posar-me a riure, com han fet els altres? Callar, si sabia que ho estava passant malament? Haurem de pensar alguna cosa, Àlex, per no perdre la confiança ni del teu amic ni dels meus.

Durant les classes de la tarda, els del club no em van dir ni piu. A educació física, la Marga va evitar ser al meu equip de vòlei, i els altres la van imitar. Més tard, a classe de francès, la Marga, pilota com sempre, especialment en aquesta assignatura, va demanar al profe substitut de seure sola a la darrera fila i fer altres exercicis, perquè «*tout ce que vous faites aujourd'hui c'est trop facile pour moi*»[1]. A la sortida del col·le no em va esperar, és clar. Sí que ho va fer en Tom, que em va assegurar que li sabia greu allò que passava, però que ell tenia altres preocupacions al cap i que entenia la resta de companys.

—En Mitjà sempre ha estat el nostre enemic. Ja saps que penso que la relació estranya que manté amb l'Àlex és de submissió de l'un respecte a l'altre. No sé per què l'Àlex ho consent. Sempre que he intentat parlar-li m'ha enviat a la merda i m'ha dit que no em fiqui on no em demanen. Si l'Enric estigués malalt de debò, Martina, ja ho sabríem.

Vam sortir junts i abans d'arribar a la cantonada vam veure la Vane i la seva germana.

—Hi ha veus que asseguren que surts amb la Pajarica... —el vaig informar—. T'han vist caminar amb ella cada tarda.

—Ja ho suposava —va acceptar ell, resignat—. Evidentment, qui m'interessa és la Yuri, però he d'aguantar la gran perquè si no la mare no permetria que ens

1. *Tot això que feu avui és massa fàcil per a mi.*

veiéssim...

—Només té set anys...

—Per això ho dic. Si vull parlar de temes interessants amb aquest petit geni, em toca arrossegar la bèstia analfabeta de la germana. Què hi farem.

—*Hola, Tom. Hola, Martina* —ens va saludar la Vane—. *Gracias a Dios que ya estás aquí, Tom, porque la Yuri está muy pesada. Yo es que a esa niña no la entiendo, Martina* —em va dir, agafant-me de bracet i permetent que la seva germana i en Tom parlessin de les seves coses—. *Ahora se ha emperrado en ir a otro congreso de esos, pero quiere ir con el gemelo y no conmigo. ¿Pero cómo les voy a decir a mis padres que la niña se va con el Tom? ¡Si le dobla la edad! ¡Si podría ser su padre!*

—Home, Vane, no exageris...

—*Ya me gustaría a mí que se la quedara él cada día. Se meten en lugares raros, y a mí me toca apechugar. El otro día hablaban de vinos, y el gemelo me pidió de llevar a la Yuri a una cata. ¿Tú sabes qué es eso? Yo pensaba que era una catedral o algo así, pero no, era como un bar y no nos dejaron entrar porque éramos menores.*

—*Allí se va a probar vinos.*

—*¿Cómo iban a dejarla hacer esa porquería? ¿Y yo qué le digo a mi madre si llego a casa con la niña borracha?*

—No, és clar. No és el millor lloc per anar amb una nena de set anys...

—*Me sabe mal lo que te ha pasado hoy, Martina* —em va dir, canviant de tema—. *A mí no me gusta el*

Enric, ya lo sabes, pero opino que la Marga no tiene ningún derecho a decirte las cosas que te ha dicho. Mi consejo es que pases de ella. Yo puedo ser mucho mejor amiga tuya, créeme. Incluso había pensado en que podemos hacer un club nosotras dos, con la Croma y la Lídia, ¿qué te parece? Tú serías la presidenta, por supuesto.

—*Tom y yo vamos a ir a una exposición, Vane* —ens va informar la Yuri.

—*¿Otra exposición? ¡Pero si ya hemos visto muchas! Y el sábado por la tarde quieren ir a otro concierto* —em va dir la Vane—, *pero no de esos de música normal, sino de música de viejos, con pianos y violines. Yo es que no lo aguanto. Me quedo frita enseguida, y luego ellos se enfadan porque me pongo a roncar...*

La cosa més al·lucinant de la setmana va passar, però, quan ja era a casa i berenava abans de posar-me a fer els deures: vaig rebre una trucada de l'Enric Mitjà. Mai de la vida l'Enric m'havia trucat.

—Air Force One —va dir, simplement—. Soc jo.

La segona cosa més al·lucinant va ser que trucava per agrair-me el que havia fet per ell al matí durant la classe d'en Siscu.

Si em punxen no em troben sang.

—Estava tan angoixat perquè se m'havia adormit la mà que no em veia capaç ni de plantar cara al profe. Tot el món m'ha caigut al damunt. He estat incapaç de reaccionar, com si m'haguessin buidat de cop. Sort que has aparegut tu i m'has llançat un cable. T'estic molt agraït.

—On ets ara?

—A casa. M'han dut a l'hospital. La metgessa assegura que no es tracta de cap brot si la duració de la paràlisi és de menys de vint-i-quatre hores. I sembla que ja m'ha passat.

—Ja estàs bé, doncs? —li vaig preguntar.

L'Enric va deixar passar uns segons abans de contestar.

—Bé del tot no ho estaré més, suposo —va dir finalment.

Em va assegurar que l'endemà vindria a l'escola. Abans de penjar, li vaig confiar que estava molt contenta que m'hagués trucat per agrair-me el favor. Ell va captar la indirecta de seguida.

—Penses que l'Enric d'abans no ho hauria fet mai, no?

«L'Enric d'abans», va dir. Com si a partir del diagnòstic fos conscient que alguna cosa havia canviat en la seva manera d'entendre la vida.

A l'hora de sopar, la mare em va anunciar la data definitiva de la festa de l'oncle Eusebi i em va confirmar que volien convidar-hi en Pau.

—Tinc l'excusa perfecta —va fer la mare, mentre el pare servia els plats de verdura—. Direm que s'ha convidat un amic de la teva edat perquè no et trobessis sola en una festa de gent gran. No cal donar més explicacions.

La data era un dissabte i coincidia amb el dia després de tornar de l'esquiada. Quan li vaig comunicar la notícia a en Pau ho vaig fer per whatsapp, concisament, sense emoticones ni signes d'exclamació (perquè s'adonés que estava molesta amb la seva actitud durant el migdia a la cistella), l'única cosa que va comentar és que potser ens fumaríem el primer porro de la nostra vida.

5
L'estrateg

La setmana de Carnestoltes era molt diferent viure-la a primària o a ESO. Per a nosaltres ja no hi havia la possibilitat d'anar disfressats cada dia de la setmana com fèiem quan érem petits. El dilluns en pijama; el dimarts de color groc; el dimecres amb un barret... Als grans només se'ns permetia anar disfressats el divendres a la tarda i participar, voluntàriament, a la rua que es feia al pati i on un equip de profes valorava i premiava les disfresses més originals o més ben aconseguides.

—Per a mi és molt millor així —repetia en Tom—. De petit no suportava la dictadura de les ximpleries aquelles dels pijames i tota la pesca.

Als bessons, especialment a en Tom, el desmotivava tot allò que era fantasiós o artificial i que resultava una imposició. Ell mai no participava en aquells actes lúdics («aparentment lúdics», feia ell) en què s'obligava la gent a aparentar felicitat i ganes de gresca. El seu germà ho entomava diferent des que sortia amb l'Assump, molt propensa a aquelles exageracions i impostures. L'any passat, a primer d'ESO, el pobre Jerry va haver de disfressar-se d'Olaf, el ninot de neu de Frozen, perquè l'Assump, tant sí com no, volia disfressar-se de princesa Elsa. Quan en Tom va veure el seu germà embotit en aquella escuma blanca i amb una pastanaga al nas, va lamentar com havia degenerat la naturalesa humana.

Les setmanes prèvies al Carnestoltes i abans de l'esquiada, la relació entre els membres del club no s'havia refet del tot. La Marga havia conspirat amb l'Albert Carràs, el nostre tutor, per abandonar la taula que compartíem i seure amb en Tom a segona fila. Això, que uns mesos abans hauria significat una bona notícia per al bessó (una esperança envers la seva possible relació i un augment de la pròpia autoestima), no va tenir cap conseqüència evident: en Tom no es va mostrar especialment il·lusionat amb el canvi i la Marga, desconcertada, va exigir a en Jerry que li confirmés allò que anava en boca de tothom. Sortia en Tom amb la Pajarica? Era veritat que es veien cada tarda quan s'acabava l'escola? En Jerry, tan desconcertat com la Marga, li va dir que sí. Que el seu germà ja no assistia a classes d'anglès, ni anava a la biblioteca, ni es passava hores mirant documentals sobre política a Youtube.

—Però com pot ser que en Tom s'hagi fixat en la Vanesa? Com pot ser que s'entenguin? Quan seiem a la cistella ni es miren a la cara... —es lamentava la Marga.

—El meu germà està passant una època difícil —li deia en Jerry—. Més d'un cop m'he despertat a la nit i l'he vist connectat i enviant missatges com si mantingués amb ella una conversa interessant...

—Una conversa interessant? Amb la Vanesa? De què carai deuen parlar? De pròtesis d'ungles llargues?

L'Enric Mitjà tornava a ser «l'Enric d'abans» i provava de recuperar el lideratge de la seva colla d'imbècils. No s'havia posat malalt cap més dia i passava de nosaltres (i de tothom) com havia fet sempre. No em va trucar cap més vegada, però sí que és cert que, molt de tant en tant, jo descobria que mirava les coses que passaven al seu voltant d'una manera diferent. També a mi. Algun cop, la meva mirada i la seva coincidien, i era com si em volgués expressar algun sentiment. Aleshores jo m'hi acostava dissimuladament, o m'entretenia recollint els llibres per si se m'apropava, però mai ho va fer. Segons l'Àlex, l'Enric estava millor i no havia explicat encara a ningú el problema que tenia amb l'esclerosi.

—La metgessa li recomana que no ho faci. Que si no sent la necessitat de dir-ho, que no ho digui. Ella opina que és millor fer la vida de sempre i que la gent del seu voltant no canviï la seva actitud respecte a ell.

—Només parla amb tu d'això que té?

—Suposo que sí. Però tampoc en parla gaire, la veritat.

Aquella evident falta de contacte entre l'Enric Mitjà i jo va fer que la meva relació amb els del club durant les hores del pati tornés a una certa normalitat. I malgrat que la Marga no em parlava i l'Íker i en Jerry es mostraven més reservats amb mi, tot tornava a ser força com abans. També vaig saber que en Pau havia intercedit perquè això passés: quan jo m'absentava, en Pau s'esforçava per fer veure als altres que jo era la Martina de sempre i que l'episodi amb l'Enric havia estat puntual i no tenia cap més transcendència. Només en Jerry, però, em va dir que li sabia greu haver-me escridassat el dia de l'incident.

La Pajarica, desolada, em va anunciar que no podria anar a l'esquiada. Es veu que els pares havien fet números i que era impossible pagar el preu de l'excursió.

—*¡Con la ilusión que yo tenía, Martina! ¡Con lo que soñaba con vivir juntas la experiencia! ¡Si es que yo no he visto nunca la nieve!*

La Croma i la Brackets havien presentat el treball sobre la novel·la a la professora de castellà. La veritat és que només se l'havia llegida la Brackets (i em va confessar que s'havia saltat moltes pàgines) i ella havia fet el treball de totes dues, canviant unes poques paraules. La professora els va acceptar la feina i la disculpa, i els va posar un cinc.

—Jo crec que ni se'ls ha llegit —opinava la Croma—. Ens ha posat un sufi perquè no expliquem que està enrotllada amb el director.

Podien tenir raó aquell parell de sonades? Era possible que el fet d'haver-la enxampat amb el director condicionés l'actuació de la professora?

Un migdia vaig tenir un cop de sort i el vaig aprofitar. El profe de mates em va enviar a buscar unes fotocòpies a secretaria. Mentre esperava que me les donessin, es va presentar una senyora a qui jo coneixia: la senyora Mercè, la dona del director. Va saludar amablement les secretàries i els va demanar que anunciessin al seu marit que ja havia arribat. Es veu que tenien hora per fer-se unes analítiques al metge.

La senyora Mercè, que anava molt ben vestida, va seure en una de les butaques del hall de l'entrada.

—Té, Martina —em va dir la secretària donant-me un munt de papers—. Ja pots tornar a classe.

Abans de fer-ho, però, tenint en compte el que m'havien suggerit la Croma i la Brackets i sabent que el director baixaria del seu despatx d'un moment a l'altre, em vaig acostar a la senyora Mercè.

—Bon dia. No sé si em recordarà. Soc la Martina, de segon d'ESO.

—Hola, maca —va fer ella—. I tant que et recordo! On vas tan carregada?

—He vingut a buscar unes fotocòpies. Es troba bé? Com que he sentit que van al metge...

—Oh, sí, tot bé, maca. El meu marit s'ha de fer unes anàlisis, però res de l'altre món. La llauna de fer-se gran! —va fer ella, molt simpàtica.

La meva missió era donar-li conversa tot esperant que el director arribés i ens trobés parlant. La dona devia al·lucinar una mica perquè de seguida li vaig explicar que el meu oncle aviat faria cinquanta anys i que preparava una festa i que era millor celebrar-ho que no pas lamentar-se del pas del temps; a continuació li vaig explicar que de gran m'agradaria estudiar alguna carrera que tingués a veure amb l'aeronàutica perquè la meva passió eren els avions, però que veia el meu futur més en el camp de l'enginyeria que no pas en el del pilotatge, tot i que no descartava la idea de presentar-me a oposicions per ser controladora aèria, una tasca que trobava apassionant i que era un repte gestionar el tràfic aeri des d'una torre de control. La dona assentia amb el cap, i feia cara de sorpresa davant de les meves explicacions. També em va dir que a ella no li agradava gaire volar i que s'angoixava quan hi havia turbulències.

En aquell moment va aparèixer el director. Ja duia posat l'abric i s'havia penjat la cartera de pell a l'espatlla. Va frenar de cop quan ens va sorprendre en aquella conversa tan distesa, i va fer cara de circumstàncies. Era evident que un munt de preguntes, dubtes i reflexions li van venir al cap quan em va veure al costat de la seva dona. No va poder evitar escurar-se la gola abans de pronunciar el meu nom.

—Martina —va dir—. Com és que no ets a classe?

La senyora Mercè li va dir que jo era una nena molt cordial i que m'havia acostat a saludar-la i a exposar-li els meus plans de futur.

—Hem de marxar, Mercè —va fer ell, sense dissimular l'astorament.

—Doncs anem —va fer la dona abans de dirigir-se a mi—. Saluda els teus pares de part meva, Martina, maca, i et desitjo tota la sort del món en els teus projectes sobre els núvols!

Quan feien el gest de marxar, vaig aprofitar per acomplir la missió que m'havia proposat.

—Per cert, senyor Antoni —vaig dir—. Li volia comentar una cosa. Resulta que hi ha una nena a tercer d'ESO, la Vanesa Carranza Hipólita, que no pot venir a l'esquiada perquè els seus pares no tenen diners per pagar el cost de la sortida. A mi em sap molt greu —vaig continuar, dirigint-me aleshores a la senyora Mercè—que una companya no pugui venir a l'excursió per aquesta causa. Són una família amb pocs recursos, sap?, que provenen de l'Equador. La nena, la Vanesa, ho viu com un drama. No s'imagina vostè la il·lusió que li faria venir amb nosaltres a esquiar. No ha vist mai la neu, pobreta!

Al director se li va congelar encara més l'expressió i va murmurejar que en tot cas ja ho consultaria.

—Posi's en la seva pell, senyora Mercè —vaig continuar, encara amb les fotocòpies contra el pit—. La il·lusió d'una nena trencada per un motiu tan... tan... ridícul com els diners...

—Antoni —va dir ella al seu home—. La nena té raó. I perdona que em fiqui on no em demanen, però crec que es cometria una injustícia si la Vanesa aquesta no pogués anar a esquiar per un assumpte de calés...

El director se'm va quedar mirant sense saber què dir mentre jo, allí dreta davant seu, assentia amb el plec de fotocòpies com un escut de gladiador.

—La Vanesa ho hauria de saber de seguida. Fa dies que no pot ni dormir del disgust, pobreta.

—Au va, Antoni! —va insistir la senyora Mercè—. Segur que l'escola disposa d'un fons especial per a aquests casos... O potser hi ha recursos del Departament d'Ensenyament, no?

El director no deixava de mirar-me d'aquella forma estranya, carregada de sentit. Jo, humilment i amb un somriure, li vaig aguantar la mirada.

—La nena anirà a l'esquiada —va dir finalment—. D'això no en tinguis cap dubte.

Quan van ser fora, jo vaig tornar a la classe. Mentre pujava les escales em preguntava fins a quin punt el meu paper de testimoni a l'escena del petó amb la profe de castellà havia servit per aconseguir que la Pajarica pogués venir a esquiar amb nosaltres. També vaig pensar si el director m'havia dit la veritat el dia que em vaig reunir amb ell al seu despatx: la senyora Mercè s'havia comportat amb ell amb total normalitat i no com ho faria un matrimoni desavingut. Estaven dissimulant? Estaven vivint, com em va dir ell, un infern dins la parella? Havia vist moltes pel·lícules on un dels membres enganya l'altre, que no sap res del que passa i es creu totes les excuses que aquest altre s'inventa. Seria el cas del director i la senyora Mercè?

Després de mates vam tenir educació física. Un cop canviats, l'Albert va proposar un preescalfament a base de tres voltes completes al pati de l'escola. Sempre hi havia alumnes que s'escaquejaven de córrer. En Harry, quan anava a la nostra classe, n'era un especialista.

—Jo no corro —sempre s'excusava al professor el primer dia de classe.

—Ah, no? I això ho decideixes tu? Que tens algun problema motriu, xaval?

—No. És un problema de transpiració. Quan corro suo molt.

—Tots suem quan fem un esforç. Això no em serveix d'excusa, nano.

I potser el primer dia no servia, però a partir de la primera carrera servia sempre.

—Què dimonis és aquesta ferum que se sent? —s'alarmava el professor acabada la carrera i quan ens col·locàvem en rotllana. Quan ho deia, un parell d'alumnes ja havien començat a vomitar al mig de la pista enmig de fortes arcades.

—És en Harry —dèiem els companys tapant nos el nas.

—Ja li he dit que tenia un problema de transpiració —feia el nen, a qui immediatament s'obligava a dutxar-se i canviar-se de roba.

L'endemà, el profe l'eximia de les curses.

—Et sembla que podràs córrer? —li va preguntar aquell migdia l'Albert a l'Enric Mitjà.

—I per què no hauria de poder? —va contestar ell, tot fatxenda, entre les rialles dels seus acòlits.

—L'Enric corre més que ningú! —va fer un.

—L'Enric és el rei de la pista! —va afegir un altre.

El profe es va limitar a mirar l'Enric, i el mateix vam fer l'Àlex i jo. Ell va simular no sentir-se al·ludit i feia bromes amb els altres.

—Per què li ha preguntat l'Albert si podia córrer? —es va preguntar en Tom en veu alta—. Tu en saps res, Àlex?

L'Àlex va dir que no, i aleshores en Tom em va mirar a mi, i em vaig arronsar d'espatlles. «Jo tampoc», vaig murmurejar. Però no tinc gaire facilitat per mentir, i vaig témer que el bessó no es refiaria de les nostres respostes negatives. De seguida, però, el professor va fer sonar el xiulet i ens vam posar a córrer. Jo ho feia al costat d'en Tom, sense matar-nos-hi, perquè ens importava realment poc fer un bon temps durant la carrera.

—No vindré la tarda del Carnestoltes —em va advertir—. Aquest cop m'estalviaré la murga de disfressar-me, que és la cosa que més odio en el món.

—No vindràs al col·le? On has d'anar?

—Bah —va fer ell, sense donar-hi importància—. Coses meves.

A la sortida del col·le, l'Assump se'm va acostar per fer les paus definitivament. Em va dir que li sabia greu que estiguéssim enfadades. Jo li vaig dir que no ho estava, i ella em va dir que millor.

—He tingut una idea genial per a la tarda del divendres de Carnestoltes! He pensat que les tres noies del club...

—En realitat en som sis, de noies —vaig interrompre-la en adonar-me que no comptava ni amb la Vane, ni amb la Croma ni la Brackets.

—Em refereixo a nosaltres tres, la Marga, tu i jo. Doncs se m'ha ocorregut que ens podríem disfressar de princeses Disney! Què et sembla? I els nostres tres galants, que es disfressessin de prínceps! No et sembla una idea genial? Guanyaríem el concurs!

Aquella nena continuava sent una estúpida. Com volia que ens disfresséssim de princeses? L'any passat ja s'havia disfressat de Frozen, i havia fet el ridícul. «I els nostres galants»? En quin món absurd vivia?

—No m'agraden les princeses. Tampoc penso que els nens s'hi avinguin.

—En Jerry ja m'ha dit que sí. Ell farà el que jo li mani. Imagina-t'ho, Martina: tres princeses i tres prínceps! En Jerry, en Pau i en Tom...

—En Tom no vindrà al col·le. M'ho ha dit abans.

—Ah, no? —es va quedar sorpresa—. Quina cosa més estranya... No has sentit rumors, tu? Ho dic perquè avui la Pajarica ha dit que tampoc no vindria... Jo mai me'ls he cregut, aquests rumors... Em sembla una bajanada que en Tom i la Vane... bé, tu ja m'entens... però ara ja no sé què pensar...

A la tarda, quan sortíem, la Vane m'esperava a la porta del carrer amb la Yuri agafada de la mà.

—*¡Martina! ¡Estoy tan feliz! ¡Este mediodía han llamado a casa para decirle a mi madre que podré ir a la esquiada! ¡Que recibiré una ayuda porque es injusto que no pueda ir a la excursión por un tema de dinero! ¡Ha sido un milagro!*

—Me n'alegro —li vaig dir, alhora que em sorprenia la rapidesa amb què el director havia posat remei al conflicte. També em vaig preguntar quin devia ser el motiu real de tanta pressa—. *¿Qué te parece, Yuri?*

Vas a estar unos días tranquila sin tener a la Vanesa pegada a tu lado.

La petita estava de morros. Havia encreuat els braços damunt del pit i feia cara d'enfadada.

—*Está rabiosa* —va informar-me la seva germana—. *¡Es que esta lo quiere todo, oye! ¡Yo necesito unos días de vacaciones y estar con gente de mi edad! Me pide que la apunte a la esquiada, y no entiende que es solo para los mayores. Se salió con la suya en el tema del congreso gracias al gemelo y a mí. No sabe conformarse.*

—*¿Vais a ir al congreso del clima? ¿Con el Tom?*

—*Sí, hija. Al final lo hemos podido arreglar. Bueno, más o menos* —va afegir.

—¿Cómo?

—*¡No se lo digas!* —va escridassar-la la Yuri—. *¡Prometiste que no se lo dirías a nadie!*

La Vane va fer el gest de tancar-se la boca amb cremallera, i de seguida la nena la va empentar perquè es posessin a caminar. Les vaig veure fer-ho de pressa, en una direcció que no era la de casa seva. Havien quedat amb el bessó? On devien anar avui? Una altra conferència? Una altra exposició? Mentre les mirava avançar carrer avall, vaig descobrir que una espia es disposava a seguir-les. Si em punxen no em troben sang: la Marga, mig camuflada en una cantonada, va esperar que passessin i després va seguir-les. La Marga? Com podia haver caigut tan baix la filla perfecta del pilot? Podia ser que realment s'hagués penjat d'en Tom i que tingués gelosia de la Pajarica? La Marga em confessava totes les seves penes i no tenia secrets amb mi. Però des de l'incident de l'Enric les coses havien canviat. Jo havia dit davant de tothom que era una pilota i una corrupta, és cert, i no li havia demanat perdó. Però ella m'havia tractat fatal i se n'havia anat de la meva taula. Podria ser que hagués perdut una amiga per sempre més? Era per això, pel trencament de la nostra amistat, que ara la Marga perseguia en Tom d'aquella forma barroera?

—Air Force One —vaig sentir a la meva esquena—. M'has d'ajudar. Tinc un problema.

El que em va proposar l'Enric Mitjà aquella tarda em va deixar de pedra. L'Àlex i ell ja n'havien estat parlant, i tots dos van arribar a la conclusió que, si jo no m'afegia a aquella conxorxa estranya, l'assumpte no tindria èxit.

—Tu ets l'única del col·le, a part d'alguns profes, que sap de què va la meva malaltia —em va plantejar l'Enric mentre ens dirigíem a casa seva—, i si tu no col·labores en el pla, tinc totes les de perdre i quedar-me sense esquiada.

Evidentment, la idea havia estat de l'Àlex, que ens esperava a la porta de ca l'Enric quan ell i jo hi vam arribar. Vam pujar al pis. Jo no havia estat mai a casa seva, és clar. Hi havia la seva àvia i la seva mare (el pare encara era a la feina). L'Enric no tenia germans i, com l'Àlex i jo, disposava d'una habitació gran per a ell sol. Estava molt mal endreçada, cosa que no em va estranyar gens ni mica: el llit estava desfet, hi havia roba per terra i per damunt de les cadires, i tota una estesa de fundes de jocs de la Play, llaunes buides de Coca-cola, paquets de xiclet i, fins i tot, plats amb restes de menjar. Si m'haguessin dit que era l'habitació d'en Harry i no la de l'Enric, m'ho hauria cregut.

—Està una mica desordenat —va fer ell.

L'Àlex encara no havia obert la boca ni per dir-me hola quan l'Enric ens va convidar a seure damunt del seu llit fastigós. Ell va acostar una cadira amb rodes que tenia davant de la taula de l'ordinador i es va col·locar davant nostre.

—Aniré al gra —va dir l'Enric—. Els meus pares no em volen deixar anar a l'esquiada. Es veu que ho han consultat amb la doctora que em porta al Sant Joan de Déu. Ella diu que si jo tinc ganes d'anar-hi, m'ho han de permetre.

—Però?

—Sí, hi ha un però —va respondre de seguida a la meva pregunta—. La doctora opina que, donada la meva situació, he de comptar amb un grup d'amics de confiança. Que m'he de recolzar en ells, tenir el seu suport i posar-me en les seves mans si apareix qualsevol símptoma que pugui tenir conseqüències. Serem a la muntanya, lluny de casa i lluny d'un centre hospitalari preparat. Si hi ha cap problema... Vull dir que si, per casualitat, apareix algun brot... o alguna possibilitat d'un brot... en aquest cas ho puc passar francament malament. Els profes que ens acompanyen a l'esquiada n'estan al cas. Ells també han plantejat a la doctora la conveniència o no de deixar-m'hi anar. Volen saber quina és la seva responsabilitat en cas de complicacions.

L'Enric va fer una pausa i es va mirar l'Àlex, que va assentir amb el cap com donant-li l'aprovació de tot el que havia dit fins aleshores. Després va continuar.

—Els meus pares saben qui són els meus amics. I han dit que nanai de la Xina. Que no permetran, i així ho han expressat a la doctora, que tot el pes de la meva salut recaigui en les mans i els cervells de l'Òscar i en Tito.

Vaig estar totalment d'acord amb l'opinió dels seus pares. El cervell? Però realment aquells dos cafres tenien cervell? Mans sí, que en tenien. Mans per donar bufetades, per robar coses que no eren seves. I llengua. Llengua per dir paraulotes, per insultar i per menystenir els companys i els professors. Però cervell? D'això segur que no en tenien.

—Soc el primer a reconèixer que l'Òscar i en Tito no són els millors companys que puc tenir...

—Ni tan sols els has dit el que et passa —el vaig interrompre.

—Exactament. Per alguna cosa serà —va reconèixer, abaixant el cap—. Ahir l'Àlex es va quedar a sopar i vam estar parlant amb els pares. Confien en ell. Veuen que és diferent dels altres. «Si tinguessis més amics com ell», va dir el meu pare. «Si tinguessis una colla de nens macos com l'Àlex», va dir la mare...

L'Enric va callar i se'm va quedar mirant per veure si jo entenia el missatge.

De fet, estava començant a veure per on anava. I no m'ho creia.

—Penso, Martina, que li hauríem de donar una oportunitat a l'Enric. Si més no fins que tornem de l'esquiada —va dir l'Àlex.

—No pensava que t'ho arribaria a demanar mai, Air Force One. Però la meva pregunta és: m'admetríeu al club de la cistella?

Vaig quedar-me muda, amb la boca oberta i els ulls com unes taronges.

Era possible que aquell imbècil m'estigués demanant allò?

—L'Àlex i jo vam explicar ahir als pares qui formava part de la vostra colla i van flipar. En Tom, el nen més llest del col·le, que llegeix el diari i parla de temes del telenotícies. En un examen de mates en Tom treu una nota més alta que sumant les de l'Òscar i en Tito en tota l'ESO. El seu germà bessó també és un crack. Després, la francesa. Pija i creguda com ningú, tot s'ha de dir, però llesta i espavilada a més no poder. En Pau, que ja fa tercer d'ESO i que és un nen assenyat i responsable. I tu, que ets una nena especial, però que t'has guanyat el respecte de tots els profes. Insisteixo: els pares van flipar.

—De la resta no em vam parlar gaire... —va admetre l'Àlex.

—No, és clar —va continuar l'Enric—. De tota la resta de friquis, vol dir... El nen que veu morts; el nen que fa pudor de pet; l'idiota aquell del club de la comèdia; la Pocahontas de les ungles llargues; la dels bràquets i el monstre de Cromagnon... tot això són... danys col·laterals. Millor passar-hi de puntetes...

—Si l'Enric fos del club —va esforçar-se l'Àlex per arreglar el que deia l'Enric—, els seus pares es convencerien que té un grup de suport format pels millors alumnes de la classe. I aleshores el deixarien venir a l'esquiada. Saber que té en Tom al costat... això són *palabras mayores*, saps què vull dir?

—La meva idea —va continuar l'Enric—és que l'Àlex i tu em convideu a entrar al club. Encara tenim dues setmanes de marge. Jo em comprometo a canviar i a comportar-me com un bon nen. Procuraré estar amb vosaltres sota la cistella durant les hores de pati, i seré respectuós i amable amb les nenes friquis, i, fins i tot ,us convidaré a casa a fer una reunió de les que organitzeu. Demanaré perdó per si us he faltat al respecte alguna vegada, i em comprometré a obeir les normes del club, siguin quines siguin. L'altre dia tu i jo vam parlar d'un nou Enric, recordes? Doncs em transformaré en el nou Enric definitivament —va fer una pausa i se'm va quedar observant—. Què et sembla? És o no és una bona idea?

Vaig mirar l'Àlex, que es va limitar a arronsar-se d'espatlles.

—No se'ns ha ocorregut res millor —va acceptar.

Em vaig posar dreta d'un bot i vaig dir que havia de marxar. Després li vaig ordenar a l'Àlex que m'acompanyés a casa, que havíem de parlar. L'Enric va suplicar que li donés una resposta.

—Anem, Àlex —vaig insistir.

Em vaig esbravar quan vam ser al carrer. Vaig escridassar l'Àlex com una histèrica, però és que no sabia com havia pogut tenir una idea tan absurda com aquella.

—L'Enric al club! Se te n'ha anat l'olla, nen! L'Enric, que sempre ens ha fet la vida impossible. Que ens ha insultat un dia rere l'altre, i que s'ha rigut de nosaltres! Com és possible? Començo a pensar com en Tom, Àlex: aquest nano et té abduït! Fas tot el que et diu i no sé per què! No entenc la vostra relació estranya i em rebenta que ara, a més a més, m'impliquis en aquest assumpte idiota! Tu vas veure com es van posar els de la colla quan van veure que el protegia? Ho vas veure? La Marga no em dirigeix la paraula des d'aquell dia! Els altres em tracten diferent i s'allunyen de mi perquè pensen que soc una traïdora. Com se t'acut que ara els proposi que l'imbècil de l'Enric entri a formar part del club? Es pensaran que m'he trastocat i em deixaran de banda. I a tu també! Saps quantes vegades t'he defensat davant d'ells per aquesta relació tòxica que tens amb l'Enric?

—Relació tòxica?

—Això ho diu en Tom! Diu que manteniu una relació tòxica i que ell té poder sobre tu! Com vols que anem ara amb la història aquesta que vol formar part del club? Diran que ens hem tornat bojos!

L'Àlex caminava callat al meu costat, amb les mans a les butxaques de l'anorac.

Quan vaig acabar de vomitar el meu discurs i l'emprenyamenta, va acceptar que tot plegat era molt complicat, però que ell volia ajudar el seu amic que estava malalt.

—Ho està passant malament, Martina. Des de la malaltia que està diferent i que no sap què fer. Jo el vull ajudar, però em costa. Penso que seria molt positiu per a ell que pogués venir a l'excursió. Seria com tornar a la normalitat i oblidar-se d'aquest problema que té de per vida.

—No n'estic segura, Àlex —li vaig dir amb sinceritat—. En el fons, el que penso és que aquest idiota no vol deixar de ser qui ha estat sempre, un xulo piscines que no és ningú si no fa la vida impossible a tothom. Vol anar a l'esquiada per continuar fent rucades i mantenir el seu paper de líder. Això és el que vol! La malaltia el fa estar insegur, això ho accepto. Però el seu objectiu a la vida no és canviar i ser millor persona, sinó seguir sent un imbècil integral malgrat la malaltia! Això és el que vol! I no consentiré que el nostre grup se sacrifiqui perquè el nen pugui continuar exercint aquest poder sobre nosaltres. Per aquí no hi passo, Àlex.

Ell em va assegurar que parlaria amb l'Enric seriosament i esbrinaria si tot plegat era només una farsa per aconseguir el permís dels pares. Li diria que necessitàvem comprovar que volia ser amic nostre i col·laborar en el club.

—I què et penses que et dirà, burro? Et dirà que sí! T'enganyarà a tu, m'enganyarà a mi i enganyarà a tota la resta! No ens en podem refiar! I tu i jo quedarem com uns traïdors davant dels altres. Es veurà claríssim que els volem colar un gol, i deixaran de parlar-nos, i el club se n'anirà a la merda!

—Pensa-ho, Martina —em va suplicar quan ja havíem arribat a casa meva—. Tu sempre dius que hem de confiar en els altres...

—Però amb l'Enric és diferent!

Aquella nit vaig dormir molt malament. No podia deixar de pensar en la pressió que rebria a partir de l'endemà a l'escola. D'una banda, l'Enric i l'Àlex esforçant-se per fer-me canviar d'opinió, i de l'altra la resta del club que, amb els seus comentaris o els seus silencis, m'obligarien a dir que no a la proposta desgavellada que els dos nanos m'havien plantejat. Quin havia de ser el meu paper? Jo havia estat la fundadora del club! Jo havia insistit en la idea d'unir-nos per formar una colla! A qui devia lleialtat? Als del club o al meu amic Àlex i el seu amic malalt Enric? Em preguntava si la vida havia de ser tan complicada a partir d'aleshores. Fer-se gran, era clar, comportava prendre decisions que no eren del gust de tothom: si bé els uns s'alegrarien de la meva manera d'actuar, els altres en sortirien per força perjudicats. Què havia de fer? Qui em podia ajudar?

Pensava en la Marga. Ella, en altres circumstàncies, seria la meva salvació. Jo, com havia fet tantes vegades des que ens havíem conegut, li explicaria les coses que m'amoïnaven i ella m'ajudaria a trobar la millor solució. Per a això són els amics, pensava. Però ara no podia comptar amb ella. La Marga s'havia allunyat voluntàriament de mi precisament per la qüestió que ara em neguitejava. Com podia tornar a ella precisament per exposar-li el tema que ens havia separat? Com havia d'insistir en una idea que ja sabia que la fastiguejava?

Potser, vaig dir-me a mi mateixa l'endemà mentre anava cap al col·le, la cosa se solucionaria sense que jo hi hagués d'intervenir. Potser l'Enric i l'Àlex haurien valorat la proposta que em van fer i haurien vist que no tenia cap ni peus. Potser ja se n'havien desdit abans de tractar-la. «No té sentit», li hauria dit l'Àlex a l'Enric; «la Martina té raó: tu no pots formar part del club de la cistella perquè sempre ens has tractat malament. Millor pensem una altra idea perquè els teus pares et deixin anar a l'esquiada». I l'Enric hauria dit que «Ok, millor buscar una alternativa».

El primer senyal evident que la cosa no era així va ser veure arribar junts pel carrer l'Enric i en Ferri. Aquells dos nens mai s'havien dirigit la paraula, tot i que eren veïns. Em vaig quedar parada enmig de la vorera en veure'ls acostar-se a la porta del col·le conversant animadament. Quan l'Enric em va veure, va encaixar la mà d'en Ferri i va anar a reunir-se amb uns de tercer.

—Què feies amb l'Enric Mitjà? —li vaig preguntar al nano.

—Oh, *baby*, no t'ho creuràs —em va dir en Ferri superexcitat—. Resulta que he baixat de casa i me l'he trobat davant de la porta. WTF?, he pensat, i el tio m'ha dit que m'estava esperant per anar junts al col·le; que era el més lògic del món que dos veïns que van a la mateixa classe vagin junts i siguin amics. M'ha assegurat que tenia ganes de coneixe'm millor perquè tothom opina que sé explicar els millors acudits del món.

—I tu t'ho has cregut? De què dimonis heu parlat?

—Li he representat la història de la meva vida, *baby*. Ho he fet posant-hi molt d'humor, tu ja em coneixes, i el tio ha rigut tota l'estona. M'ha dit que tenia talent i que es penedia de no haver-me conegut abans. M'ha demanat si podia esperar-me cada dia per venir junts fins aquí i que així podria explicar-li tots els acudits que sé. Flipant, no? Si t'he de ser sincer, Martina, penso que tenir com a amic un paio com en Mitjà serà beneficiós per a mi. Ni t'imagines quantes nenes que ens han saludat mentre veníem!

A classe d'anglès, l'Enric li va demanar a la professora si podia seure al costat de l'Íker. La seva companya de taula no havia vingut perquè estava malalta, i l'Íker seia sol.

—Vull recuperar l'assignatura, Dolors —li va dir l'Enric a la profe—. L'Íker em podria ajudar, que ell es defensa bé en anglès.

L'Íker, amb cara de pal, feia que no amb el cap perquè la professora s'adonés que allò era una mala idea. Però ella va cedir, la molt ximpleta, i l'Enric va anar a seure amb l'Íker.

—Po-po-pobre nen —em va dir la Tarta, que tornava a seure amb mi des que la Marga se'n va anar—. En Mi-Mi-Mitjà li fa-fa-rà la vida imp-imp-impossible...

Segons que ens va comentar l'Íker a la cistella durant el pati, l'Enric s'havia mostrat molt simpàtic i atent, i no li havia donat cap problema.

—M'ha explicat que vol canviar. Que s'ha adonat que si no posa atenció a les classes i deixa de fer el ximple no aprovarà el curs. També m'ha dit que em vol regalar uns còmics del seu pare sobre un assassí en sèrie americà que guarda des que era jove.

—Què passa amb els de tercer? —va preguntar en Jerry, que esperava ansiós l'arribada de l'Assump—. Per què no han sortit encara? Els han castigat?

—Sí que hem sortit, burro, que jo ja soc aquí —el va corregir en Pau.

—I les nenes?

De seguida van aparèixer l'Assump, la Pajarica, la Croma i la Brackets, que s'acostaven a la cistella amb una llauna de Fanta cadascuna i amb cara d'allucinades.

—On éreu? —va voler saber en Jerry.

—Ens ha passat una cosa increïble —va explicar l'Assump—. A la sortida de classe ens esperava l'Enric Mitjà i ens ha dit que volia parlar amb nosaltres quatre. La Croma li ha preguntat què volia...

—«Què vols, gilipolles?», li he dit —va precisar la nena.

—...i l'Enric ha explicat que ens volia demanar perdó per totes les vegades que s'havia rigut de nosaltres. Que li sabia molt de greu i que reconeixia que un company d'escola no tenia dret a riure's de ningú i que havia recapacitat i que a partir d'avui seria una bona persona. Ens portava quatre llaunes de Fanta. Ens ha dit que ens convidava i que li agradaria que fóssim amics i que oblidéssim tot el que ens havia dit.

—Jo crec que z'ha enamorat de l'Azump —va afegir la Brackets.

—Què dius, nena? —la va amonestar en Jerry, enfadat—. No entenc de què va aquest tio...

—Ha estat molt amable i semblava que parlava seriosament...

Vaig mirar l'Àlex, que seia capbaix als peus de la cistella. Era evident que la campanya de l'Enric per accedir al club havia començat i no s'estava de romanços.

—I una merda! —va saltar en Jerry—. No sé què passa, però aquest cafre està tramant alguna cosa! I tu no beguis aquesta Fanta! —va advertir a l'Assump—. A veure si us hi ha ficat una droga!

Tots els del club vam mirar cap a la pista on diversos nanos de diferents cursos jugaven partidets de futbol alhora. Vam descobrir l'Enric amb l'esquena recolzada contra la cistella de l'altre costat. Estava sol i ens observava atentament. Quan va veure que el miràvem, ens va saludar amb la mà. Només la Brackets, amb timidesa, va correspondre la salutació i va fer com que brindava amb la llauna de refresc.

Vint-i-quatre hores després, la situació havia canviat extraordinàriament. Al matí vaig rebre un whatsapp de l'Àlex: «Avui és el dia. Ho hem de fer avui», deia.

Què havíem de fer?, em vaig preguntar. Durant les primeres hores del matí ho vaig anar entenent, i a l'hora del pati ho vaig confirmar.

En Ferri duia posada una dessuadora de l'Enric. Ens va explicar que aquell matí, per segona vegada, l'Enric l'estava esperant a la porta de casa i que li duia la dessuadora negra amb la A d'anarquia encerclada. Li va dir que l'hi regalava, que ell en tenia una altra i que la dessuadora li portaria sort. En Ferri, agraït, s'havia tret la seva i s'havia posat la de l'Enric allí mateix, al mig del carrer.

La Pajarica havia rebut un mail de l'Enric. «*Como sé que te gusta mucho la poesía, te paso este poema que me encanta. No es mío, pero es de un poeta muy bueno. Recíbelo como un signo de amistad. Enric.*» La Pajarica em va confessar que l'havia estranyat molt que li fes arribar un poema.

—*Siempre me ha insultado y lo menos ofensivo que me ha llamado ha sido «Pocahontas». Pero la Yuri me ha dicho que el poema es bueno de verdad. Yo no lo he entendido, pero la niña dice que a ese poeta le dieron un premio noble.*

—Serà el premi Nobel, no?

—*Ay, hija, yo qué sé. El caso es que lo premiaron. Me ha hecho ilusión. No te regalan un poema cada día.*

L'Íker havia parlat amb l'Albert Carràs per demanar-li si l'Enric Mitjà podia seure amb ell cada dia. El tutor hi havia accedit.

La Croma i la Brackets, en entrar a la seva aula de tercer, havien descobert dos paquets ben embolicats damunt de les seves taules respectives. Cada paquet contenia un estoig nou de trinca i a dins un missatge de l'Enric. «Un detallet fet amb el cor. És un regal en mostra de penediment i amistat. Demaneu-me el que vulgueu i ho faré. Enric.»

—Ens ha fet il·lusió, Martina —em va confessar la Croma—. Poca gent ho fa, això de demanar perdó amb un regal.

—Li demanaré que em prezenti l'Òzcar Linárez —va dir la Brackets—. Vull que em fazi un *bezo de tornillo*. Per provar.

—L'Òscar també porta ferros! A veure si us quedeu enganxats com un imant! —va fer la Croma amb una de les seves rialles escandaloses.

La part complicada de l'estratègia de l'Àlex i l'Enric, però, encara no estava en marxa. Suposo que per prudència, no havien atacat cap dels membres més rellevants del club: els bessons i la Marga. Respecte als bessons, tenien un 50% en posició desfavorable: en Jerry estava enfadat pel regal de la Fanta del dia anterior. L'Assump era una nena molt bleda que donava molta importància a coses que, a parer d'en Jerry, no en tenien gens ni mica.

—Que et cau bé ara? —li retreia en Jerry a la seva parella—. Per una Fanta de merda? Ell és un imbècil i tu encara ho ets més si et creus les seves gràcies!

—A mi no m'insultis! —se li havia encarat l'Assump—. Serà com serà, però l'Enric ha tingut un detall fantàstic! Quan m'has regalat tu una Fanta?

En Tom passava de tot. Jo vaig suposar que tenia el

cap en la Yuri i el congrés al qual havien d'assistir el divendres de la setmana següent, el dia del Carnestoltes a l'escola.

—Dura dos dies, divendres i dissabte. Jo no tinc problema, perquè només m'hauré de saltar les classes del divendres al matí i ja m'inventaré alguna excusa. El que m'amoïna és la nena. Com ens ho farem per justificar que el divendres no vingui a l'escola? Només té set anys. Ben segur que trucaran a casa seva per saber què passa. Ens haurem de posar en mans de la Vanesa... i això sí que és un problema gros. Com s'ho farà aquella taruga per convèncer la seva família que la Yuri és fora de l'escola un dia feiner?

Pel que respecta a la Marga, no tenia notícies de cap aproximació envers ella per part de l'Enric. La Marga seia a la cistella amb nosaltres, menjava el seu entrepà, comentava quatre coses amb l'Assump, en Jerry o l'Íker, però evitava comunicar-se amb els seus principals suports dins del grup, en Tom i jo.

Aquell migdia, doncs, mentre els altres comentaven les darreres impressions sobre el canvi d'actitud de l'Enric Mitjà, ell ens observava com el dia anterior recolzat contra la cistella de l'altra banda de la pista. Aleshores va ser quan l'Àlex es va escurar la gola abans de parlar.

—La Martina i jo us volíem parlar d'un tema —va començar, amb timidesa—. És un tema delicat i que us pot sorprendre, però des de fa uns dies hi ha una persona de l'escola que no ens deixa de perseguir i trucar-nos per demanar-nos una cosa... Bé, ens demana, oi, Martina?, si podem intercedir amb vosaltres per... per...

Tots els ulls estaven fixats en la figura de l'Àlex, que quequejava més que la Tarta en els seus millors moments.

—Què? Quina persona? —va preguntar en Jerry, desafiant-lo a continuar.

—Ho dius tu, Martina, que parles millor? —va dir-me l'irresponsable de l'Àlex.

Aleshores tots els ulls se'm van dirigir a mi. Em volia morir. S'havia tornat boig, aquell nen, anunciant-ho d'aquella manera i implicant-me a mi amb aquella alegria? No podia ni obrir la boca.

—Què dimonis passa? —va insistir en Jerry.

Pressionada per tots aquells ulls que em miraven amb curiositat i insistència, vaig fer el cor fort i vaig parlar.

—Us semblarà una ximpleria, ho sé, però l'Àlex té raó quan diu que hi ha una persona que ens ha demanat un favor. Una persona que està en un procés de canvi de... personalitat... i ara resulta que s'ha adonat que la gent en qui confiava li ha donat l'esquena... i busca... no sé com dir-ho... busca nous amics i amigues perquè se sent sol... i no es troba bé del tot... i... i aquesta persona ens ha demanat si el podem admetre a la nostra colla... al club, vaja.

—De qui parles? —va preguntar en Harry.

—De mi —va dir l'Enric, que s'havia acostat a la cistella sense que ens n'adonéssim.

Era allí, dret, davant nostre. Alt i guapo, com sempre. Duia les mans a les butxaques dels texans i ens mirava afable, senzill, modest. Les reaccions van ser moltes i variades. L'Àlex va abaixar el cap. En Ferri es va posar dempeus, es va acostar a l'Enric i el va abraçar amb camaraderia. Les cares de les nenes, tret de la Marga, també es van il·luminar. També va somriure l'Íker. En Pau, en Harry i en Tom es van quedar de pedra. L'únic que va ser capaç d'obrir la boca i expressar la seva perplexitat fou en Jerry.

—Perdona?

L'Enric, molt discretament, es va treure les mans de la butxaca i va fer un gest com per demanar calma.

—Sabeu que he estat malalt —va dir—, i durant aquells dies de Nadal ingressat, vaig pensar un munt de coses sobre la meva situació personal. A alguns de vosaltres ja us he dit que em penedeixo de coses que he dit o he fet i que, ho reconec, eres injustes i estúpides. Però ara que he parlat molt sobre l'assumpte amb l'Àlex i la Martina, he entès que m'equivocava i he pensat que soc a temps de rectificar. Tal com em trobo, penso que m'aniria bé tenir un grup d'amics com vosaltres. I que em sentiria orgullós de formar part del club de la cistella.

Tothom es va quedar callat. Ningú no va dir res. L'Enric, si feia comèdia, la feia molt bé.

—Ja sé que això que us dic ara és molt precipitat i que hi heu de pensar molt abans de pronunciar-vos... Per a mi també és difícil. Jo només us dic el que penso ara mateix. I és que vull canviar i que voldria tenir gent al meu costat com vosaltres, que formeu una bona colla. Penso que, en la meva situació, em podríeu ajudar molt. Us he faltat al respecte un munt de vegades, ho sé. Però ara ho veig tot diferent i us vull demanar una segona oportunitat. Si us sembla bé i hi esteu d'acord, m'agradaria convidar-vos demà a la tarda a casa meva. Prepararé un berenar i m'agradaria que hi fóssiu tots. Podem fer una reunió del club. També m'agradarà explicar-vos què em passa exactament. Quan ho sabreu, potser entendreu el meu canvi d'actitud. Sempre és bo tenir informació de primera mà per posar-se en el lloc de l'altre. Es diu empatia. Ho he buscat al diccionari.

—*¿Con su tía?* —em va preguntar la Pajarica a cau d'orella—. *¿Merendar en su casa con su tía?*

—Veniu els que podeu. No és cap broma. Jo demà us esperaré. L'Àlex, la Martina i en Ferri ja saben on visc. Res més —va dir per acabar—. Perdoneu si us he molestat o no us ha fet gràcia la meva petició. Ens veiem ara a classe —va afegir i, molt discretament, se'n va anar.

Si durant uns segons el silenci que va deixar l'Enric en marxar va ser absolut, de seguida la reunió sota la cistella es va convertir en un guirigall.

Les dues coses que més em van ferir de tot el que vaig presenciar van ser el silenci de la Marga, que no va obrir la boca, i els retrets dels bessons, que asseguraven que allò era una trampa i una bajanada que els avergonyia i que de ben segur l'Àlex i jo hi estàvem conxorxats.

—No m'ho esperava de tu, Martina —va escopirme en Jerry ple de ràbia—. Si realment tens res a veure amb aquesta farsa humiliant, tingues per segur que no et tornaré a dirigir la paraula.

El club de la cistella havia viscut moltes situacions surrealistes, però potser no n'hi havia cap que superés la trobada a casa de l'Enric Mitjà. Tot era absurd, començant pel fet de trobar-nos a casa de l'amfitrió, la persona que més ens havia fet la vida impossible. De cop, i excepcionalment, érem a casa seva. El club de la cistella a casa de l'Enric Mitjà! Finalment no hi va haver cap absència. Els més reacis a anar-hi eren els bessons. A en Tom el vaig convèncer jo; a en Jerry el va obligar l'Assump.

—Si no vens —li va dir la nena a en Jerry—, això nostre s'ha acabat.

—Però...

—No hi ha peròs que valguin! O vens o te'n vas per sempre de la meva vida!

Era clar que els diàlegs idiotes de les pel·lícules romàntiques que devorava aquella sonada van ser els causants que el club es reunís al complet a casa de l'Enric.

Amb en Tom vaig haver de fer servir tot el meu poder de seducció intel·lectual. D'entrada, li semblava una broma (una estafa, va dir ell) que l'Enric volgués formar part de la colla.

—No s'entén, Martina. No hi ha per on agafar-ho. Aquest idiota sempre ens ha odiat i sempre ens ha menystingut. No m'empasso que ara, de cop i volta, vulgui ser un de nosaltres. Ens està prenent el pèl.

—Però és cert que alguna cosa ha canviat. Està diferent, tu mateix ho veus cada dia.

—Però què carai li ha passat? Quina és aquesta estranya malaltia que pateix? Vols dir que no és una farsa també?

—No. No ho és. Ell m'ho va explicar. També em va demanar que no ho digués a ningú. Estic segura que ens en parlarà demà a casa seva.

—I si quan som allà resulta que ha reunit els seus amics imbècils per escarnir-nos? I si, com diu en Jerry, tot és una broma per fer-nos quedar en ridícul?

—No. T'asseguro que no ho és.

Això precisament era el que em preocupava a mi. L'objectiu de l'Enric no era burlar-se de nosaltres, sinó aconseguir que el deixessin anar a esquiar. La meva por era ser conscient que, d'alguna manera, ens estava utilitzant. No ens volia com a amics. Estava convençuda que, tret de mi i l'Àlex, i potser en Tom i la Marga, els altres li queien fatal i no tenia cap intenció de fer-se'n amic. Amb les estratègies dels regals i els poemes a les nenes, i l'aparença de complicitat amb l'Íker o en Ferri, l'Enric només pretenia aconseguir el que es proposava. Mirat des d'aquest punt de vista, sí que tot plegat era una farsa.

Vam anar tots junts des de l'escola a casa de l'Enric. La veritat és que estàvem molt excitats i a l'expectativa del que podia passar. Quan sortíem, en Tito Casona ens va increpar:

—Que hi ha reunió avui al club de la cistella? —va preguntar cridant i petant-se de riure.

Sí, maco, vaig pensar, però no diries mai on és la reunió.

Ens van rebre la mare i l'àvia. L'Enric, molt atent i carinyós, ens va presentar un a un, i va fer especial èmfasi en els bessons, en Pau i la Marga. Va explicar a la seva mare que eren els millors alumnes de l'escola i que estava orgullós de poder-los convidar a casa seva i que coneguessin la seva família. Les dones es van mostrar molt acollidores i ens van acompanyar al menjador, on havien parat la taula i l'havien omplert de coses delicioses per berenar.

—Ho ha volgut pagar tot ell dels seus estalvis! —repetia l'àvia una vegada i una altra—. No sabeu la il·lusió que li fa tenir-vos aquí!

L'Enric havia escrit el nom de cadascú de nosaltres en els gots de plàstic i en els tovallons. Com que no tenia ni idea de com es deien en realitat la Pajarica, la Brackets i la Croma, va posar-hi «La ecuatoriana más graciosa del cole», «la nena més simpàtica amb ortodòncia» i «l'altra nena divertida». Ho vaig trobar d'un mal gust i d'un fatxenda superlatiu, però elles no es van ni immutar i, igual que en Harry, es van llançar sobre els entrepanets i els croissants com unes desesperades.

—*¡Vaya banquete!* —va exclamar la Vane amb la boca plena.

—Jo me'n posaré uns quants a la bossa per a l'esmorzar de demà! —va dir la Croma amb els ulls molt oberts i escopint engrunes de magdalena per la seva boca de bústia.

L'Enric havia inflat globus de colors i havia penjat unes serpentines del llum. Va posar música trap al reproductor i no parava d'anar i venir de la cuina portant més ampolles de Coca-cola i de suc.

—Què significa aquesta pantomima? —es queixava en Tom—. Què dimonis se suposa que celebrem a casa d'aquest bandarra?

Vaig aprofitar l'estona de distensió i alegria per acostar-me a la Marga i dir-li que em sabia molt de greu que estiguéssim enfadades. Primer es va mostrar una mica tallada, però finalment ens vam abraçar i ens vam demanar perdó per com ens havíem comportat darrerament.

—Si és que jo t'estimo molt, Martina! No suporto que estiguem distanciades! La vida és infinitament millor quan estem juntes!

Li vaig dir que era graciós que l'Enric Mitjà ens hagués separat i l'Enric Mitjà ens tornés a unir. «Tres visques per l'Enric!», vaig dir-li, procurant no alçar la veu i que els altres pensessin que m'havia tornat boja. La Marga em va agafar del braç i em va portar davant de la porta de sortida al balcó, on ningú no ens pogués sentir.

—Si no t'ho dic, rebento —va murmurejar al mateix temps que es treia el mòbil de la butxaca i buscava entre els contactes de whatsapp—. Llegeix. Va començar fa dos dies —va dir mostrant-me la pantalla.

Si em punxen no em troben sang. Es tractava de

missatges de l'Enric, i potser n'hi havia una vintena, que ella anava passant fent lliscar el dit.

—Ja ho veus. Diu que fa temps que només pensa en mi, que el vaig deixar bocabadat des del dia que vaig arribar al col·le; diu, també, que s'ha mostrat fred i distant perquè jo l'impressiono. Diu que em vol veure algun dia a soles i que em convidarà al McDonald's. Diu que mai una noia l'havia fascinat tant... Ja veus que jo només li he contestat amb monosíl·labs.

De seguida vaig entendre els seus silencis dels darrers dies, i per què no va opinar res el migdia abans, quan l'Enric va acudir per primer cop a la cistella. Vaig al·lucinar i, una vegada més, em vaig preguntar si aquell nen tenia escrúpols. Tot allò devia formar part de l'estratègia que havien planificat amb l'Àlex. Com aconseguir que la Marga es refiï de mi i s'avingui al pla? Doncs dient-li que m'he enamorat d'ella. Em va semblar demencial. I la molt burra s'ho havia empassat!

—Ja saps que sempre he pensat que és un xulo i un imbècil. Però reconec que darrerament ha fet un canvi, tu mateixa ho has vist. I aquests missatges són tan... tan sincers, no? Tan... tendres...

«Fer un Big Mac amb tu» era tendre? Aquella estúpida s'havia begut l'enteniment.

Després del berenar, l'Enric ens va conduir a la seva habitació. Semblava una altra. Tot estava pulcrament disposat i net. El llit estava fet, les cadires estaven buides, la catifa lliure d'andròmines. No s'hi veia ni un plat ni una llauna. També em vaig fixar que a la prestatgeria hi havia llibres: feia dos dies no n'hi havia ni un.

—Seieu on pugueu! A terra, això mateix, fem una rotllana. Tu pots seure a la cadira amb rodes, Tom, i tant, que estiguis còmode... T'he deixat uns fulls de diari perquè t'hi seguis al damunt, Harry, que la meva mare s'enfadarà si embrutem res... —anava dient l'Enric, molt ficat en el seu paper d'amfitrió perfecte.

Ell, dret al mig de tots, va ser el primer a parlar. Abans que res, ens va donar les gràcies per acceptar la invitació. I a continuació va confessar que patia esclerosi múltiple. Llevat dels bessons i la Marga, la resta no sabien què era i tots es van quedar molt parats. L'Enric va donar una breu explicació de la malaltia, dels seus efectes i del seu pronòstic. Tots, especialment les nenes i en Harry, es van quedar amb el cor encongit i sense paraules quan l'Enric va anunciar que l'esclerosi era incurable.

—Prenc medicació. M'he de punxar tres cops a la setmana, i no dormo bé, per això l'endemà em trobo malament i vaig alentit. També m'he de prendre pastilles pel dolor. La sensació és la de tenir febre, o la grip.

—I què diuen els metges?

—La doctora m'ho explica molt bé i de manera entenedora. No em moriré, però ni ella ni jo sabem com evolucionarà la malaltia. És degenerativa, o sigui que a millor segurament no aniré —va admetre l'Enric abaixant el cap—. A la consulta fem unes proves físiques per comprovar-ne l'evolució: em fa tancar els ulls i em diu que em toqui la punta del nas amb el dit.

També em fan caminar de puntetes i de talons posant un peu davant de l'altre. Un oculista em revisa els ulls, perquè hi ha malalts que perden visió. Té un aparell que vibra, i me'l posa a les mans i als peus. Comproven que no perdo força a l'avantbraç i a la cama. Coses així.

—Arribarà un dia que no podràs caminar? —va preguntar l'Assump.

—Espero que trigui molt en arribar. I, si arriba, hauré de tenir força de voluntat per superar-ho. I m'hauré d'esforçar per lluitar contra això. Hi ha malalts d'esclerosi que participen en curses i triatlons. No m'he de rendir mai.

—Oh, Enric... Em sap molt de greu —va dir la Marga.

—Només tinc catorze anys, i no estic disposat a llançar la tovallola. Els primers dies, quan em mirava al mirall, em veia diferent. Ara estic aprenent de mica en mica a veure'm com sempre. La doctora em diu que és possible que, si pateixo un nou brot, m'hauran de tractar un altre cop amb corticoides i em quedaré fet pols durant molts dies. També diu que, amb els anys, puc perdre sensibilitat a les mans o als peus, i que hi ha malalts que perden el gust o la oïda. Si això passa algun dia, potser em cagaré de por, però també pot ser que no passi.

—Pots fer vida normal? —va preguntar en Ferri.

—Em canso molt més que abans, però he de fer vida normal. Puc fer canvis en l'alimentació que em faran bé, com ara prendre més vitamina D amb una dieta rica en peix, lactis, cereals o llegums. També em convé que em toqui el sol. He de fer esport i estar actiu. No hauria de fumar. Coses així. —L'Enric va somriure i ens va mirar a tots, un darrere l'altre—. He de fer el que feu vosaltres. No em puc amargar l'existència per l'esclerosi...

—Nosaltres t'ajudarem —va sentenciar la Marga de seguida.

Acabades les preguntes es va fer el silenci. L'Enric, tan atractiu i tan esvelt, es va mantenir dret i capbaix mentre feia que sí amb el cap, com si acceptés tot allò que li venia al damunt. Ens va demanar, sobretot, discreció. Al col·le només ho sabien els profes, i ara ho sabíem nosaltres. No era bo per a ell que la resta de gent ho sabés, perquè el tractarien amb deferència i el farien sentir-se malalt i desvalgut, cosa que no convenia gens ni mica al seu estat emocional.

—Els metges opinen que seria terrible enfonsar-me anímicament. Jo no deixaré de lluitar, però no tinc cap necessitat que els altres em recordin a cada minut que a partir d'ara soc una persona diferent o que tinc un problema. Però necessitava tenir un grup de suport que em faci costat. I per això, parlant amb l'Àlex i la Martina, vaig decidir demanar-vos a vosaltres si em podeu recolzar en aquesta situació que pateixo.

En Ferri, emocionat, es va aixecar de terra i va abraçar l'Enric. El mateix van fer l'Íker, en Harry i les nenes. La Croma li va dir que l'havia emocionada, i que el felicitava per ser tan valent. La Brackets li va fer un petó a la galta (jo em vaig adonar com l'Enric intentava inútilment evitar-ho) i li va dir que li volia demanar un favor que tenia alguna cosa a veure amb l'Òscar Linares.

En aquell moment tan entranyable, la mare de l'Enric va entrar a l'habitació. L'estampa que va rebre la va omplir de joia. El seu fill era abraçat i acceptat per tots aquells nens i nenes que l'acompanyaven. En Tom li va donar la mà; en Jerry li va ventar uns cop a l'espatlla i li va dir que podia comptar amb ell per al que necessités. La Marga se li va acostar i, enigmàticament, li va fer un petó al front.

—Els he explicat el que em passa, mama —va dir l'Enric dirigint-se a la seva mare—. Són els primers que ho saben. I estic orgullós d'haver-ho fet i comptar amb el seu suport. L'EM no té cap poder quan saps que hi ha amics que et recolzen.

—E ema?

—L'esclerosi múltiple. En diuen així, EM.

—Ostres! —es va sorprendre en Jerry—. E.M. són també les inicials del teu nom!

Abans d'acomiadar-nos, l'Enric, acceptat per unanimitat com a nou membre del club de la cistella, va decidir que no es reuniria amb nosaltres durant l'hora del pati, si més no fins després de l'esquiada, perquè no volia donar explicacions als seus amics d'abans, l'Òscar, en Tito i tota la pesca, que no sabien absolutament res de la seva malaltia. Tots hi van estar d'acord. Després ens va acompanyar fins a la porta i ens va acomiadar a tots amb una encaixada i paraules d'agraïment.

Era força tard i tothom va anar en direccions oposades. L'Àlex i jo, després de separar-nos de l'Íker, la Pajarica i en Pau, vam caminar una estona sols i en silenci.

—No dius res? —va preguntar ell finalment.

—Què vols que digui? Us ha sortit molt bé la jugada, us felicito.

—No t'ha semblat convincent el que ha dit l'Enric?

—Sí, molt. És molt bon actor. En Ferri n'hauria d'aprendre.

—No te l'has cregut, vaja.

—Què m'havia de creure? Que està malalt? Sí, és clar que m'ho crec! Que tenia un objectiu i l'ha acomplert? També m'ho crec! Que els ha ensarronat a tots i ha aconseguit que la seva mare el deixi anar a l'esquiada? Que realment ha canviat i vol que a partir d'ara siguem els seus amics? Això també m'ho havia de creure?

—Jo penso que hi ha una part de veritat en tot plegat —va dir l'Àlex—. Jo confio en ell —va dir, i de seguida va girar cua i se'n va anar cap a casa.

6
Carnestoltes

La setmana de Carnestoltes havia començat. Nosaltres estàvem més pendents de l'esquiada que no pas de disfressar-nos com feien els de primària. A la trobada setmanal amb els nostres «afillats» de segon, tots els nens i nenes anaven en pijama. Aquell dia vam col·laborar en la confecció del vestit que haurien de lluir el divendres: tots els petits anirien disfressats de peixos, i la Mocho, en col·laboració amb el professorat de primària, havia dissenyat un model amb paper arrissat que simulava les escates. La Yuri i en Tom, com era d'esperar, no s'esforçaven gaire en l'elaboració de la disfressa. Total, ella no se la posaria, perquè aquell dia no aniria a passejar pel barri amb els de la classe ni participaria en la rua de la tarda, ja que tenia una cita al congrés sobre el clima.

—*Todavía no hemos decidido la excusa que vamos a dar a la profesora* —em va explicar la Vane—. *Ya se le ocurrirá algo a la niña.*

—I com s'ho fa durant les classes? —vaig voler saber—. Dissimula que està al mateix nivell que la resta? No s'avorreix fent dibuixos i aprenent a llegir paraules senzilles?

—*Lo hace estupendamente* —em va confirmar la seva germana—. *¡Es un lince! Apenas abre la boca y piensan que es muy tímida. Si le hacen deletrear una palabra, ella lo hace como los demás. Y si tiene que pintar patitos, los pinta. Dice que su estrategia es pasar desapercibida. Se las sabe todas.*

Des que l'Enric havia aconseguit que tant els pares com els profes el deixessin anar a l'esquiada, la seva relació amb el club s'havia refredat una mica. No acudia mai a les trobades sota la cistella, però ens regalava somriures i salutacions quan els seus amics no el veien perquè corrien atrafegats darrere una pilota. Va venir, això sí, a una trobada que vam fer a casa dels bessons per parlar de l'esquiada. Com que la Marga tenia poder d'influència entre els profes que l'organitzaven, vam decidir com ens repartiríem les habitacions de l'alberg i també que formaríem un grup tancat a l'hora de les classes d'instrucció que rebríem d'un monitor a les pistes. Aquell dia l'Enric va comportar-se molt bé, com un nen educat i amable. No es va queixar ni una sola vegada de les decisions que preníem per majoria i es va mostrar conciliador quan, per variar, es va produir una batalla campal entre l'Íker, en Ferri i les nenes de la colla.

—I una merda així de grossa! —xisclava la Croma amb la seva veu de cavernícola i abastant amb els braços oberts un espai d'aire de la mida d'un microones—. Jo passo de formar grup amb aquest *gilipo-*

lles que veu morts! Per què no podem anar amb el grup de la Martina i la Marga? Per què ens toca sempre anar amb els més fastigosos?

—A mi no m'insultis, desgraciada! —va explotar en Ferri llançant-li un entrepà de formatge a la cara.

—M'han dit que hem de ser grups de cinc! —insistia la Marga—. O ens ho repartim entre nosaltres o els profes faran els grups que voldran, i ens tocarà anar amb gent que no són del club! És tan difícil d'entendre, això?

—Però, per què dimonis hem d'anar nosaltres amb aquests tres esguerros de la natura? —es queixava l'Íker—. Per què no podem anar amb el grup d'en Pau i els bessons?

—Perquè no surten els números, idiota! Jo faig tot el que puc! —es defensava la Marga.

—A mi durant el dia m'ez igual —va intervenir la Brackets—. Però a la nit he d'anar amb el grup de l'Òzcar Linárez, que m'ha de fer un zervei, oi, Enric?

—Calma, nois —va intervenir l'Enric Mitjà, que devia estar perplex davant d'aquell comportament surrealista d'alguns membres de la colla. La resta ja hi estàvem acostumats—. La Marga té raó. Ens hem d'ajudar els uns als altres i aprofitar els avantatges i les influències de la Marga...

—És una pija corrupta! —xisclava la Croma, que va llançar l'entrepà que havia rebut de mans d'en Ferri sobre la cara de la filla del pilot—. La Martina ho va dir i té tota al raó! Que hi vagi ella amb el pallasso de pena i el «miramuertos»!

—Que no m'insultis, troglodita! —la va escridassar l'Íker.

En Tom, que normalment era qui imposava pau i ordre, aquella tarda estava capficat i no obria la boca. La Vane i jo érem les úniques que sabíem què li passava. El pobre devia planificar les complicades etapes de la seva aventura amb la Yuri al congrés del divendres.

—*Ya lo tenemos casi todo arreglado* —m'havia avançat la Vane mentre anàvem a casa dels bessons—. *Hay un problemilla que vamos a solucionar de la mejor manera.*

—¿Qué problemilla? —li vaig preguntar.

—*Bueno... uno. No te puedo contar más. La niña y el gemelo me van a matar si me voy de la lengua.*

El dimarts, en sortir de l'escola, els pares de l'Enric ens esperaven, als bessons, a la Marga i a mi, al despatx del director. L'Enric mateix ens havia advertit de la visita dels seus pares aquell matí.

—Volen parlar amb vosaltres i amb el director. Els hem d'acabar de convèncer que és una bona idea que jo vingui a l'esquiada.

Vam seure al voltant de la taula. Abans que res, el director va confessar a la família de l'Eric que estava molt content del canvi d'actitud del nano.

—Mai no hem dubtat que l'Enric és un nano amb potencial i que se'n sortirà a la vida. Però, com bé saben, els darrers temps ha anat una mica a la deriva amb el seu comportament inadequat i les companyies. Sigui pel motiu que sigui, m'alegra molt que recapaciti i que faci una aposta de futur. Aquests nanos que seuen avui aquí són els millors de la classe de segon d'ESO. Tenen un expedient acadèmic immillorable, i la majoria són alumnes de l'escola des de ben petits. Vull dir que han desenvolupat aquesta empatia que la nostra escola familiar s'esforça tant per conrear entre els seus alumnes.

—L'Enric porta molts anys sent un cafre —va sentenciar el seu pare, a qui no havíem vist mai abans—, però és evident que la malaltia que li ha estat diagnosticada l'ha fet canviar. La meva dona i jo ens vam alegrar quan l'Àlex va entrar a la seva vida, i si ara ha aconseguit apropar-se a aquests joves aquí presents que, pel que vostè diu, treuen bones notes i tenen un comportament exemplar, encara tenim més esperances.

—Estem molt il·lusionats —va afegir la mare de l'Enric—. Aquest és un dels temes principals que tractem quan ens reunim amb altres pares i amb especialistes a la seu de la Fundació Esclerosi Múltiple, aquí a Barcelona.

Nosaltres quatre escoltàvem la conversa dels adults sense obrir la boca. L'Enric, molt en el seu paper de bon nen, somreia tota l'estona i assentia amb el cap.

—Tu què hi dius, Enric? —li va preguntar el director.

—Jo? Doncs que només puc tenir paraules d'agraïment per a aquests companys i companyes que m'han acollit tan bé. Des que sé que tinc esclerosi i que el meu futur potser no serà com imaginava, he començat a valorar aspectes de la meva vida que abans no tenia en compte. Reconec que he fet el burro durant molt de temps, però, com diu el meu pare, ara la cosa canviarà i estic orgullós que el meu nou grup d'amics em faci costat... Potser és el que necessitava: una mica d'orientació.

Els quatre del club ens vam mirar els uns als altres, perplexos. Què carai estava passant? Ens havia escollit el penques de l'Enric per fer de públic, o d'actors secundaris, en aquella comèdia que representava? En Jerry em va confessar després que li van venir ganes d'aixecar-se de la cadira i aplaudir l'actuació.

—Els professors que acompanyaran els de segon, i tercer d'ESO a l'esquiada —va concloure el director— estan més tranquils sabent que l'Enric estarà en bones mans durant els dies d'excursió. Francament, saber que nanos com els que avui ens acompanyen estaran pendents de l'Enric em dona confiança.

Vam sortir del despatx amb l'Enric. En Tom no es va poder estar d'exigir-li una explicació.

—Què significa tot aquest rotllo? Haurem de ser les teves mainaderes? Què se suposa que esperen de nosaltres?

—Em sento més protegit des que sé que formo part del club de la cistella. I els pares i els profes també. És només això.

—I qui no ens diu que només de pujar a l'autocar ja passaràs de nosaltres i et posaràs a fer rucades com fas sempre amb l'Òscar i en Tito? —va dir en Jerry, posant en dubte el seu comportament i les seves paraules—. Et penses que ens mamem el dit, tio?

Quan l'Enric va marxar després d'insistir mil vegades que no hi hauria cap problema i que no ens amoïnéssim per res, nosaltres quatre ens vam quedar discutint sota la cistella del pati.

—Som bones persones —va reconèixer en Tom—, però no som imbècils. Ha quedat clar que tota la història aquesta de voler formar part del club era només per entabanar els seus pares i el director.

—Però està malalt de debò —va suggerir la Marga—. Alguna cosa ha canviat dintre seu i ens està demanant ajuda perquè no sap com actuar. Aquí no fa comèdia. La Martina pensa com jo, oi, Martina?

Jo ja no sabia què pensar i per això em vaig limitar a arronsar-me d'espatlles.

El divendres de Carnestoltes en Tom no va venir al colle. Quan el profe de les nou va passar llista, el seu germà va dir que l'absència d'en Tom estava justificada i que els seus pares trucarien a l'escola. Tot i així, li van posar falta. A l'hora del pati, vaig descobrir que la Pajarica sí que havia vingut a classe.

—*Han ido solos. No me han dejado acompañarles* —em va informar.

—I ho saben els teus pares que la Yuri és en un congrés amb en Tom?

—*¡No, claro que no! La Yuri ha convencido a mi abuela para que le proteja las espaldas. ¡Más lista y no nace!*

Resulta que la seva àvia, la abuela Paquita, s'havia

presentat personalment a l'escola a primera hora i havia explicat que la nena era a casa, amb febre.

Només hi havia classe al matí. L'assistència a la tarda, quan es feia la rua de disfresses i els de quart d'ESO preparaven la xocolatada, era voluntària. Els que volguessin podien venir disfressats. La Croma i la Brackets per descomptat que volien.

—L'estúpida de l'Assump no ha volgut que ens disfresséssim de princeses com ella. Ens ha dit que enguany només es podien disfressar de princesa les que tinguessin príncep. Com que ella té el bessó... Aquesta li va preguntar a l'Òscar si volia ser el seu príncep, i el nen li va dir que no.

—Em va dir que amb el *bezo de tornillo* ja n'hi havia prou. Que això no l'obligava a rez mez. Ni zer prínzep ni punyetez, va dir.

—Ja te l'ha fet?

—No. Li va prometre a l'Enric que li farà a l'esquiada. Aquest és el tracte —em va informar la Croma, com si fos la seva mànager.

—L'Enric l'obligarà que te'l faci? —li vaig preguntar, atònita.

—Zí. Noméz m'he de treure elz ferroz. En duc unz «de quita y pon». També em va dir que zi a l'Òzcar li agradava, elz altrez també me'n podien fer, de *tornilloz*.

—I com te'ls faran? Un darrere l'altre? En fila índia?

—Ai, nena, jo què zé.

Ja que no podien anar de princeses, van optar per

disfressar-se d'infermeres. La tia de la Brackets treballava en un hospital i els va deixar les bates i uns fonendoscopis vells que tenia per casa. La Croma havia passat per un basar xinès i havia comprat ulleres sense vidres («Fan més intel·lectual»). De casa van portar nines («Zerem infermerez de la maternitat») i calçaven unes Crocs. Jo crec que, amb aquell panorama de disfressa, ja comptaven que no els donarien cap premi. La que sí que aspirava a aconseguir-ne un era l'Assump. Enguany havia apostat per una princesa ètnica, la d'Aladín. Va obligar el pobre Jerry a posar-se una armilla sense mànigues i sense samarreta a sota.

—Em pelaré de fred! Som al febrer i això no és Bagdad, nena, que és Barcelona.

—T'aguantes!

En Harry sempre es disfressava de Harry Potter, és clar. S'assemblava molt al Daniel Radcliffe, l'actor que fa de Harry a les pel·lis. El primer any que va aprofitar la semblança va obtenir premi. Tothom comentava com s'assemblava al Harry Potter original, amb la capa i la vareta. Devia ser a quart de primària. Ara ja ningú no li feia cas.

—Sembles un Harry Potter gras i pudent! —se'n reia la mainada.

Cap dels altres membres masculins del club va assistir a la desfilada aquella tarda. La Marga, la Vanesa i jo sí que hi vam anar, però sense disfressa.

—*A las seis tengo que ir a recoger a la Yuri al congreso. ¡No voy a ir disfrazada!*

La Marga i jo vam estar xerrant als peus de la cistella mentre la Vanesa es dedicava a animar com una boja les infermeres intel·lectuals de la maternitat per veure si guanyaven algun premi de consolació.

—L'Enric no m'ha tornat a enviar més whatsapps. I després de la reunió amb el director i els seus pares, penso que tot va ser una broma de mal gust per fer-me dubtar i admetre'l al club. Si és així, Martina, aquest tio és un cínic. Està boníssim i quan vol és un sol, però és un cínic com una casa de pagès.

—Estic d'acord amb tu. Millor oblida-ho —vaig dir-li.

—He pensat que en Tom és el noi que em convé. I he de fer el possible perquè es torni a interessar per mi i oblidi la Pajarica. És que com més hi penso, més al·lucino. Què dimonis li pot donar aquella nena absurda que no li pugui donar jo? És que no ho entenc! Els he estat espiant. Cada dia queden a la cantonada i se'n van junts! De què deuen parlar? En Tom dissimula i fa veure que parla molt amb la germaneta, la Yuri, ja saps qui vull dir. Però segur que ho fa per guanyar-se la confiança de la ganàpia. Què li troba ara si sempre ha pensat que era una estúpida ignorant? De debò que no entenc els tios, Martina. Si estigués bona... però és que ni això! I perdona que t'ho digui, però crec que en aquest aspecte jo hi surto guanyant...

Evidentment, vaig pensar. La Marga és molt més atractiva que la Vane. Però era evident que el que en Tom buscava en una noia no era el físic, ni la simpatia, ni l'enginy. El que ell buscava era un cervell i una capacitat intel·lectual superior. I tot allò, malauradament, només ho havia trobat en una nena de set anys...

Després de berenar un got de xocolata desfeta i de consolar les infermeres i en Harry Porker, que no havien guanyat res en el concurs de disfresses, la Vanesa va dir que se n'havia d'anar a buscar la Yuri.

—No ha vingut, no? No l'hem vista desfilar amb els de la seva classe —va observar la Croma.

—*No. Está enfermita y... mi abuela la ha llevado... al médico. Ahora voy a recogerlas.*

—En Tom tampoc ha vingut —va continuar la Croma—. *Qué raro que te haya dejado sola, Vane.*

—*El Tom hoy... tenía que estudiar* —va contestar ella, i es va posar vermella com un tomàquet—. *Voy a buscar mi bolsa a la clase. Hasta el lunes, guapas.*

Quan va ser fora, la Marga i jo ens vam separar de les infermeres i vam anar a buscar també les nostres motxilles.

—Has vist que s'ha posat vermella? —va fer la Marga—. Mira què et dic: aquests dos han quedat i això de la germana malalta només és una excusa. Com que en Tom no suporta el Carnestoltes, avui ha passat de venir. Però ara ha quedat amb ella. Han tingut sort que la nena estigués malalta i així tindran la tarda per lligar... Quina mala sort que tinc amb els tios, Martina!

Vam sortir del col·le al mateix temps que ho feia la Vane, que ens va fer adeu amb la mà.

—Que no veus que du la motxilla d'en Tom? —es va sorprendre la Marga.

Era veritat: la Vane se n'anava amb la motxilla d'en Tom penjada de l'espatlla.

—No m'ho puc creure. Ell ha fet campana, i ella l'està cobrint. Li ha guardat la motxilla perquè els seus pares deuen pensar que és al col·le. On deu haver estat tot el dia? És al·lucinant. I ara segur que han quedat. Vaig a espiar-la —va dir la Marga amb determinació—. Els enxamparé *in fraganti*. Vull que a en Tom li caigui la cara de vergonya. Dir tantes mentides i saltar-se classes per festejar amb aquesta idiota! És caure molt baix!

Vaig inventar-me un munt de coses per dissuadir-la mentre caminàvem cinquanta metres darrere de la Pajarica. Li vaig dir que era una bestiesa; que no feia amb el seu caràcter mostrar-se gelosa i menys d'una nena com la Vane. Vaig dir tot el que se'm va ocórrer, però la Marga estava ofuscada i no s'avenia a raons.

—Doncs no m'acompanyis! Ves-te'n a casa! Ja hi aniré sola!

La Pajarica va entrar al metro.

—Agafa el metro? On dimonis deuen haver quedat? Tens targeta de metro, tu?

A sobre em va tocar a mi marcar els dos viatges. Vam amagar-nos darrere d'una columna a l'andana perquè la nena no ens veiés. La Marga no parava de rondinar:

—Segur que han quedat al centre. Segur que s'han citat en una plaça romàntica del Barri Gòtic. O en una cafeteria d'aquestes elegants. Ves a saber si pretenen passejar vora el mar per la Barceloneta... És increïble...

La Pajarica va baixar a Catalunya, i nosaltres, que dissimulàvem camuflades al mateix vagó, ho vam fer darrere seu. Vam sortir a les Rambles. Hi havia tanta gent que no vam haver de patir més per si ens descobria. A l'altura del carrer Bonsuccés, la Pajarica va girar a la dreta. Vam travessar tot el carrer fins al final, allà on hi ha la plaça dels skaters davant del MACBA. La Pajarica va tornar a girar a la dreta i va alentir el pas quan érem a tocar del CCCB.

—On han quedat? Això és una sala d'exposicions, no? La portarà a veure una exposició? A la Pajarica?

Aleshores vam veure, des de la distància, com la Yuri sortia del CCCB acompanyada d'una noia jove amb cabellera llarga que duia una faldilleta curta i sabates de taló.

—No és la Yuri, aquella nena? —va dir la Marga, sorpresa—. Amb qui va? És una germana de la Vanesa?

La Vane es va acostar a la Yuri i a la seva acompanyant i es van posar a parlar. Després es van girar i van caminar cap on érem nosaltres. Quan la nostra companya del club ens va descobrir, desconcertada, es va apropar i ens va demanar què hi fèiem allí.

—*¿Me estáis espiando? ¿Me habéis seguido?*

La Yuri i l'altra noia es van quedar quietes i mudes.

—Doncs sí —va saltar la Marga—. Estem cansades que ens diguis mentides. I ara mateix t'hem enxampat en una altra! La teva germana no està malalta! *Estaba haciendo novillos con esta... esta...*

Si em punxen no em troben sang.

Vaig reconèixer la cara d'en Tom sota el maquillatge i la perruca llarga. La Marga va trigar un segons a fer-ho (en ella no era gens estrany que no reconegués els bessons a la primera), però de seguida es va adonar de qui s'amagava sota aquella disfressa. Estàvem tan al·lucinades que ens vam quedar congelades. A ells tres (o elles tres) els va passar el mateix. Els cinc parells d'ulls ens sortien de les òrbites. Semblava, repetida però amb diferents personatges, l'escena de feia unes setmanes amb la professora de castellà i el director.

La Marga va obrir la boca com una babaua. Em va mirar a mi; després va mirar en Tom disfressat; em va tornar a mirar a mi una darrera vegada i finalment se'n va anar corrents per on havíem vingut. La Vane, la Yuri i especialment en Tom estaven palplantats sense saber què dir. La primera pregunta que em va venir al cap era com s'ho feia el bessó per caminar sobre aquelles sabates de taló sense ensopegar.

—No m'ho puc creure —vaig dir.

Malgrat el maquillatge, la cara d'en Tom va envermellir de forma contundent i espontània.

—Tot té una explicació, Martina.

Anava disfressat de dona, però entre la faldilla, els talons i el maquillatge, no semblava una dona acabada de sortir d'un congrés sobre el canvi climàtic. Més aviat semblava una dona que entrés a treballar en un bar.

—*El congreso está muy bien* —em va informar la Yuri—. *Es realmente interesante lo que cuentan los americanos y los nórdicos.*

En aquell moment jo no estava per congressos ni per valoracions. Per què el meu amic Tom, de catorze anys, el nen més intel·ligent i madur de la classe, anava vestit de dona i s'havia posat perruca i talons per acompanyar una nena equatoriana de set anys a un congrés al CCCB de Barcelona? El món s'estava tornant tan boig com el clima. La Vane s'havia quedat garratibada i no s'atrevia ni a moure's.

—Tot té una explicació, Martina —va repetir en Tom.

L'explicació era absurda, singular i surrealista, com diria el director de l'escola. Vam haver de seure a les escales del MACBA perquè tots, tret de la Yuri, estàvem tan impressionats que les cames ens feien figa.

—La tòtila aquesta —va explicar en Tom referint-se a la Pajarica en to despectiu— no va fer bé les coses, i ens va fotre en aquest embolic. Resulta que una nena de set anys no podia inscriure's al congrés si no anava acompanyada d'un familiar major de setze anys. No se li va ocórrer res més que donar el seu nom i explicar que era la seva germana i que l'acompanyaria al congrés. Ni soc la seva germana, ni tinc setze anys, ni soc una noia. O sigui, tot a l'inrevés.

—*¡Y yo qué querías que hiciera!* —es defensava la Vane—. *¡No iba a decir que eras su abuela! ¡Es lo primero que se me ocurrió!*

—Total: que per anar amb la Yuri jo havia d'acomplir els requisits amb els quals ens havia inscrit aquesta burra: dir-me Vanesa Carranza Hipólita, tenir setze anys i ser la seva germana. I aquí em tens fet un cromo. Jo no tinc roba de noia jove. Què havia de fer? Robar la roba de la meva mare, que té quaranta-cinc anys? La de la meva àvia, que en té setanta? Doncs la Pajarica em va dir que la seva tia em deixaria roba seva. Ja veus tu quina mena de roba és... Imagina't com deu ser la tia...

—*¡Oye, guapo, sin faltar! ¡Que bastante ha hecho la pobre! Le dije que la necesitaba para el carnaval del cole...*

—Fa tres dies que assajo a caminar amb aquests sabatots per casa quan el meu germà dorm. Tu no saps com n'és de difícil, Martina...

—*¡Exagerado!* —va intervenir la Vanesa—. *Si era solo para llegar hasta aquí. Una vez dentro, seguro que ha estado sentado todo el día.*

—La gent ens mirava molt, Martina, creu-me. Primer de tot s'estranyaven que una nena tan petita assistís a les ponències, que la majoria eren en anglès, i que anés acompanyada d'aquest personatge, a qui més d'un li hauria preguntat quant cobra... No podia obrir la boca, perquè s'hagués notat que era un nen en ple canvi hormonal propi de l'adolescència... que estic canviant la veu, dimoni!

—*A mí me han encantado las propuestas de los americanos y los suecos...* —insistia la Yuri

—*Y dale. Ella a lo suyo...* —va rondinar la seva germana.

—*...Y mañana va ser muy interesante ver a qué conclusiones llegan.*

—Han fet una pausa per esmorzar i una per dinar —va continuar en Tom rememorant la seva odissea—. Ho he passat fatal. Imagina't l'escena.

—*Era todo gratis* —va precisar la Yuri.

—Però com se t'acut participar en una cosa tan... tan...

—Ens hem trobat a les vuit del matí en una cafeteria del nostre barri. Totes dues m'han ajudat a posar-me la perruca i maquillar-me. Els de la cafeteria devien flipar: he entrat com un nen amb dessuadora i motxilla, i he sortit amb aquesta pinta... Després la Yuri i jo hem agafat el metro i la Vane ha vingut al col·le.

—Estic al·lucinant, Tom...

—Duc el seu DNI —va dir en Tom, assenyalant la Vane amb un cop de barbeta—. L'he hagut de mostrar a l'entrada per acreditar-nos. Li falten uns mesos per fer els setze, però ens han deixat passar igual. M'ha maquillat com li agrada maquillar-se a ella quan surt de festa.

—*Se tenía que parecer un poco a la foto del carnet...*

—Però si tu no vas mai pintada! Si tu no surts mai, ni de nit ni de dia!

—*Pero el maquillaje hace mayor, ¿verdad, Martina? A ver si ahora no parece que tenga dieciséis años. ¡Si incluso parece mayor! ¡Y los tacones también le dan altura y prestancia!*

—Però les dones del congrés no anaven vestides ni pintades així! Si tothom anava molt normal!

—*¡Pero tú eres una mujer moderna! ¡Una chica actual! Hijo, no haces más que quejarte... ¿Y estaba* *buena la comida?* —va preguntar la Vane a la seva germana—. *¡Si era gratis, ya podríais haber robado algo para merendar ahora! ¡Tengo un hambre que me crujen las tripas!*

L'endemà, però, li tocaria repetir tota la comèdia, al pobre Tom. Va exigir a la Pajarica que li demanés roba més còmoda i més discreta a la seva tia, i que li trobés una sabata plana que no li destrossés els peus. La nena va dir que faria el que podria.

A en Tom li sabia molt de greu que l'haguéssim enxampat, perquè l'operació havia de ser discreta i passar totalment desapercebuda. També es preguntava què pensaria la Marga.

—No em tornarà a mirar a la cara! I esperem que no se'n vagi de la llengua! Truca-li i explica-li tota la veritat, Martina. Estic molt avergonyit —es lamentava.

—*Esa pija que no se meta donde no la llaman. Faltaría más* —opinava la Vane.

—Realment m'he sacrificat per la ciència i la sostenibilitat del planeta... Això la Marga ho ha d'entendre.

Vam entrar en un bar del carrer Bonsuccés i jo vaig acompanyar en Tom al lavabo a treure's la perruca i la roba. Mentrestant, les germanes Carranza Hipólita van seure en una taula i van demanar dos croissants i dos Cacaolats.

—Jo no sé què fer, Martina —em parlava en Tom a través del reflex en el mirall mentre es desmaquillava—. La nena té raó: el congrés és molt interessant i demà no ens volem perdre les conclusions. Però només de pensar que m'he de tornar a posar tota aquesta merda...

La Marga em va trucar al mòbil quan entrava a casa.

—No tinc paraules, Martina... m'he quedat al·lucinada... Jo no en sabia res. Ara tot quadra...

—Marga, escolta'm...

—No, no en vull parlar ara... És massa fort. Pobre nen... Jo no havia notat res. I tu? M'ha sabut greu deixar-te tota sola davant d'aquell panorama, però la impressió ha sigut superior a les meves forces... Transsexual es diu, no? Ho vaig veure en un documental de TV3. Són nens que se senten atrapats en el cos d'una nena, o a l'inrevés...

—Marga, espera, no treguis conclusions precipitades...

—És molt *heavy*. Ho porta prou bé. Però hauria de fer com l'Enric. Vull dir que ens ho hauria d'explicar i nosaltres, que ens l'estimem, li faríem costat... I ja has vist com anava vestida... la Pajarica li deu deixar la roba. Es deu sentir una nena llatina i per això s'ha fet amiga seva. Pobre Tom... Quina mala sort que tinc amb els tios, Martina...

—Marga, t'equivoques...

—No diré ni una paraula a ningú, i et truco perquè penso que tu has de fer el mateix. No podem dir res del que hem vist. Hem de parlar abans amb ell i dir-li que ens té al costat i que l'ajudarem. Transsexual... És un problema de gènere. Neixen amb un sexe que no és el seu... Hi ha com una confusió de cromosomes o què sé jo...

—Això és una altra cosa, em sembla. Però Marga, en Tom...

—No, Martina. Ni una paraula. Primer hem de parlar amb ell. Bona nit, reina.

I va penjar.

7
L'esquiada

La concentració era a les vuit del matí al pati de l'escola. Havien contractat un autocar de seixanta places i els professors que ens acompanyarien, l'Albert Carràs, la Cristina de castellà i el substitut de la Maëlle, passaven llista a mesura que arribàvem. La idea era pujar a l'autocar a les 8.15 i sortir a les 8.30. La gent va ser molt puntual.

La Marga, utilitzant les seves poc clares influències, ens havia reservat seient als del club.

—Tu i jo anàvem juntes —em va advertir abans de pujar-hi—, i a en Pau l'havia posat amb en Tom. Però m'ho he repensat i tu seuràs amb en Pau i jo amb el bessó. Aprofitaré l'estona del viatge per intentar parlar amb ell.

Durant aquella setmana no ho havia aconseguit. En Tom envermellia i l'evitava cada cop que la Marga s'aproximava a ell, a classe o sota la cistella.

—Es tanca com un musclo —m'explicava ella—, cosa que no m'estranya gens ni mica. Hem de tenir paciència, Martina, i buscar el moment oportú.

La Marga havia arribat a fer el ridícul en més d'una ocasió. Un migdia, reunits sota la cistella, en Tom s'havia aixecat per dir que anava al lavabo.

—Vols que t'hi acompanyi? —va preguntar-li la Marga.

La resta es va posar a riure, és clar. En Tom se la va mirar desconcertat, va dir que no i va desaparèixer de pressa.

—Les noies solem anar juntes al lavabo, Martina —es va justificar ella quan tornàvem a classe—. He pensat que podia ser un bon moment per si necessitava desfogar-se amb mi.

—Però en Tom no és una noia... —vaig al·legar jo.

—Bé, tu ja m'entens.

El dilluns següent al congrés, en Tom m'havia informat de com havia anat la sessió del dissabte. La Pajarica havia aconseguit roba més adequada de la seva tia, i unes *manoletines* del seu número. Tot i la pressió, el bessó s'havia sentit més còmode i la Yuri li havia fet costat tota l'estona. Em va assegurar, però, que mai més es tornaria a embolicar en una missió com aquella.

—La nena no tenia cap problema —em va assegurar—. Li era igual que anés disfressat amb perruca i talons. Ella el que volia era assabentar-se de les ponències i les conclusions. Un parell de senyors ens van felicitar a la sortida. Van dir que s'enorgullien de saber que, com la Greta Thunberg, una part de la joventut catalana tenia interès en el tema, i que, fins i tot, alguns assistíssim a congressos internacionals. Li van preguntar a la nena qui ens havia finançat la matrícula i ella va respondre, molt educadament, que ho havíem pagat de la nostra butxaca. Ho vam pagar de la meva, és clar. Tres-cents euros em va costar la broma. M'he quedat sense estalvis.

Les negociacions de la Marga no van servir de res des que vam pujar a l'autocar. Tothom va seure on li va donar la gana i per molt que ella s'entestés a fer aixecar la gent que ocupava les nostres butaques reservades, ningú no li va fer cas. L'Enric, com era d'esperar, no va seure amb l'Àlex, tal com havia planificat la Marga, sinó que va anar directament a la darrera fila, la dels brètols. Allò ja era tota una declaració d'intencions. La Croma i la Brackets van entrar en conflicte en el moment que la segona va insistir, sense èxit, a trobar lloc al final del vehicle. Suposo que ho volia fer per tenir contacte directe amb tots aquells que, més tard, li haurien de fer els *tornilloz*.

—No t'hi volem aquí, Brackets! Ves a seure endavant, amb els teus amics del club de la cistella! —la va increpar en Tito Casona.

Evidentment, l'Enric no va fer el mínim gest de defensar-la o, si més no, d'aturar els provocadors.

—Seu amb la Croma o amb la Pajarica! Aquí darrere només hi volem ties bones! —va dir l'impresentable de l'Òscar Linares, el seu hipotètic besador.

La nena va fugir dels darrers seients amb la cua entre les cames, i fins i tot va deixar anar quatre llàgrimes de ràbia quan va veure que la Croma seia amb la Pajarica.

—Zenyoreta! On em pozo? —va preguntar, histèrica, a la professora de castellà.

—Albert, això serà més difícil del que ens pensàvem... —va murmurejar ella dirigint-se al nostre tutor.

La Marga i jo finalment vam seure juntes.

—Soc burra —es va sincerar la nena—. M'esforço perquè les coses surtin bé, i ja veus la resposta. Tothom passa de mi.

Després de la pausa per esmorzar en una àrea de servei, els professors van haver de cridar l'atenció en repetides ocasions als ocupants de les fileres posteriors. En Ferri es va oferir per agafar el micròfon de l'autocar i fer un monòleg divertit, però els impresentables del final només li van concedir tres minuts abans de començar a escarnir-lo i ridiculitzar-lo.

—O aquest nano calla, o els del fons no es calmaran! —va advertir el xofer als professors—. Entre l'un i els altres, tinc el cap com un bombo!

Abans d'arribar al nostre destí, vaig ser testimoni d'un fet singular. La Marga s'havia quedat adormida amb el cap contra la finestra. Em vaig adonar que l'Enric Mitjà es dirigia a la Brackets i li proposava d'ocupar el seu lloc als seients posteriors.

—I un zurro! Totz ez riuen de mi!

L'Enric li va assegurar que no ho farien. Que havia parlat amb ells «sobre aquella qüestió que tenim entre mans», va afegir sense especificar perquè la Tarta, que seia al costat de la nena, no se n'assabentés, i que l'acollirien amb respecte. La Brackets li va preguntar per què n'estava tan segur, i ell li va dir :«Soc el seu líder, no ho oblidis. Ells sempre fan el que jo mano». A continuació, mentre la nena se n'anava dubtosa cap al darrere, l'Enric es va dirigir a en Tom, que seia amb l'Àlex, i li va demanar de seure una estona amb la Tarta, que ell li havia de comentar una cosa a l'Àlex «sobre la malaltia. És urgent». En Tom hi va accedir, i l'Enric va ocupar la butaca contigua a la de l'Àlex. Es van posar a xerrar molt fluixet i no vaig sentir què es deien. Jo sabia, perquè ho havíem comentat durant l'aturada de l'esmorzar, que l'Àlex estava molt disgustat per l'actitud de l'Enric, que havia passat de nosaltres i se n'havia anat amb els brètols de sempre. Aleshores, però, parlaven molt serenament i em va semblar que l'Àlex tranquil·litzava l'Enric.

Quan vam arribar a Puigcerdà feia un fred que pelava. Els profes ens van obligar a posar-nos els anoracs i els folres polars, encara que només fos per anar dc l'autocar a l'interior de l'alberg. La Marga va tenir més èxit en la distribució de les habitacions i vam obtenir les que ens havia reservat. L'Enric, amb la seva motxilla a l'esquena, va acceptar dormir a l'habitació de l'Àlex i la resta de nois, malgrat que els seus col·legues insistien que anés amb ells. Totes les noies del club n'ocuparien una altra de sis llits.

Després de sopar, els de l'alberg ens havien muntat una mena de disco mòbil. Aquella nit no hi havia cap més escola a l'alberg i tota la sala era per a nosaltres. Pagant, podies consumir refrescs que venien a la barra. L'Àlex em va confessar que en Tito Casona i els seus col·legues havien dut una ampolla de rom i que els profes encara no els l'havien confiscada. De manera que, dissimuladament, es posarien rom a la Coca-cola i es farien cubates. Li vaig dir que no era convenient que l'Enric begués alcohol i ell hi va estar d'acord. Però l'Enric va passar-se tota l'estona a la zona on campaven els brètols, que ballaven al mig de la pista fent el burro i provocant totes les nenes de l'escola. Una d'elles era la Brackets, és clar, que no se separava del grup en cap moment perquè l'Enric li havia promès que l'Òscar li faria el *tornillo*. A l'hora que els profes van anunciar que la festa arribava a la seva fi perquè l'endemà ens havíem de llevar d'hora per pujar a les pistes, la Brackets no havia aconseguit el seu premi.

—*¡Ay, hija! ¡Ya te besará mañana! ¡Hay más días que langonizas!* —la consolava la Vanesa.

—*¡Pdo ho pezava eza noze! ¡Mlo hava promzido!*

—*¡No sé qué dices, Lídia! ¡No pronuncias bien las palabras!*

—És que s'ha tret l'ortodòncia pel *tornillo*, i sense ferros no se l'entén —ens va informar la Croma.

Em vaig quedar fregida de seguida. Pel que vam saber l'endemà, aquella nit hi va haver més d'una incidència que els profes van arreglar com van poder: van pescar en Tito i l'Òscar mig borratxos i en calçotets dins de l'armari d'una habitació de nenes de tercer. Els van tornar a la seva habitació, els van confiscar el culet de rom que quedava a l'ampolla i els van obrir un expedient disciplinari que es faria efectiu en arribar a Barcelona. Els van amenaçar de trucar als pares i al cap d'estudis si es tornava a produir un fet similar. A la Brackets la van trobar a l'habitació d'en Tito i l'Òscar. Ells no hi eren, és clar, però hi havia dos companys seus força alarmats per l'actitud agressiva (i sense ortodòncia, que volia dir inintel·ligible) de la nena. La guàrdia urbana va trucar a l'alberg per informar que dues nenes, la Croma i la Pajarica, estaven soles al carrer a les tres de la matinada, mortes de fred, perquè una d'elles s'havia encaparrat a fer un ninot de neu al mig de la plaça.

A l'hora de l'esmorzar, l'Àlex, en Tom i en Pau ens van informar que l'Enric havia estat molt tranquil, no s'havia mogut de l'habitació i havia descansat bé. L'Àlex havia presenciat com l'Enric es punxava: es premia un plec de carn de sota el ventre i s'hi clavava aquella mena de xeringa robòtica. Feia només un mes que es punxava, però el nano mostrava seguretat durant l'operació. A l'hora del primer àpat del dia, l'Enric havia anat a seure amb els brètols expedientats, però això no era cap motiu d'alarma per als integrants masculins del club de la cistella.

—*La policía nos metió en su coche y nos trajo al hotel. Los profes estaban de mal humor, claro, porque los habían sacado de la cama en pijama. ¡Yo quería ver la nieve, pero no había!* —es justificava la Pajarica amb cara de son—. *Me hubiera revolcado y todo, ¡aunque hacía un frío de mil demonios!*

La Vanesa estava excitadíssima malgrat haver dormit tan poques hores. Anava tan tapada amb folre polar, anorac, caputxa, gorra i bufanda, que no se l'hauria pogut identificar si no fos perquè tot el que duia era nostre: l'anorac i la gorra de la Marga, el folre polar de la Croma i la bufanda de la Brackets, que també li havia deixat els guants, que la nena no s'havia posat.

—*¡Es que con las uñas largas no me entran!*

—*¡Se te van a helar las manos sin los guantes!*

L'agència contractada per l'escola havia fet arribar el material llogat, esquís, botes i cascs, a l'hotel. Només els més experimentats, els que eren esquiadors habituals, s'ho havien endut de casa. Vam carregar l'autocar i ens vam dirigir a les pistes de Masella, a uns pocs quilòmetres.

Vam recollir el forfet, que consistia en una mena de targeta que havíem de dur penjada al coll durant la nostra estada a les pistes i que ens donava dret a utilitzar totes les instal·lacions i fer servir els telecadires. Els grups que havia fet la Marga (amb la complicitat i aprovació dels profes) els vam mantenir. El monitor que ens va tocar a nosaltres era molt simpàtic i atractiu, i duia ulleres de mirall de marca cara. El curs duraria tot el dia, tres hores al matí i dues a la tarda, després de dinar. El professor de francès i l'Albert, juntament amb un monitor, acompanyarien els alumnes més experimentats a les pistes de nivell més difícil. Serien els únics exempts de fer el curset amb tota la resta. L'Enric ens va dir que ell s'apuntaria al grup de privilegiats.

—No és bona idea —li va advertir en Tom—. I si et passa res? I si quan ets allà dalt et trobes malament?

—Què dimonis m'ha de passar? He esquiat un munt de vegades!

—Però avui t'has punxat la medicació! No ens vas dir que el dia que et punxaves quedaves fet pols i que et cansaves?

Els professors tampoc hi van estar d'acord, i van obligar l'Enric a quedar-se amb nosaltres i el monitor a les pistes més accessibles. Ell es va enfadar molt i, encoratjat pels seus col·legues, va muntar un número.

—És el mateix imbècil de sempre —va comentar en Jerry.

Finalment, i després de negociar força estona, l'Albert Carràs li va donar permís per pujar a les pistes difícils només a la tarda si durant el matí es trobava bé i si no hi havia cap senyal d'alarma.

Ens ho vam passar d'allò més bé. Era graciós veure com la Vane, la Croma i la Brackets intentaven mantenir-se dretes. La resta, els que havíem esquiat poc o gens, de mica en mica ens vam sentir segurs i vam aprofitar les indicacions del monitor, que ens va guiar per una pista verda de poca dificultat.

—Fem cunya amb els esquís, així, fem cunya amb la part davantera, suau, sense moviments bruscos... així, no mirem a terra.... tirem el tronc una mica endavant, flexionem les cames, aixequem el cul, mans endavant...

Vam dinar al menjador de les instal·lacions. L'Òscar i en Tito van assegurar a l'Enric que la neu a la part de dalt de la muntanya era immillorable, i que a la tarda s'ho passarien molt bé fent carreres. També van dir, en veu alta perquè els sentíssim, que després de dinar s'estalviaria la companyia del nostre grup de patètics.

—Els molt idiotes ni tan sols li han preguntat per què aquest matí no ha pujat a les pistes amb ells —va observar en Tom—. Són més curts que les mànigues d'una armilla.

L'Àlex, de tota manera, va insistir durant el dinar en la idea que era una temeritat que l'Enric hi anés aquella tarda.

—Som el seu grup de suport, no? Doncs hauríem de fer entendre a l'Albert que és una imprudència que l'Enric hi pugi.

—Però l'Albert també hi anirà. Ell és el profe i n'estarà pendent —va dir l'Assump.

Havent dinat, doncs, l'Enric es va acomiadar de nosaltres i es va reunir amb la colla de l'Albert per agafar el remuntador.

Quan va acabar la sessió d'esquí, ens vam reunir tots al bar. Allí ens recolliria l'autocar per baixar-nos fins a Puigcerdà. La Cristina patia perquè l'Albert i el de francès es retardaven i el xofer ja havia arribat a Masella i ens esperava dins el vehicle. Els profes van arribar amb cara de circumstàncies.

—N'hem perdut un —vam sentir que l'Albert explicava a la de castellà—. No trobem l'Enric Mitjà. El monitor i un grup de nanos s'han quedat a dalt i l'estan buscant.

—Què vols dir que l'heu perdut? —es va esverar la dona.

—Hi era, i de cop no hi era —va comentar l'Albert, incapaç de donar cap més explicació.

Els del club ens vam quedar de pedra. Com que l'Enric no apareixia? Què li havia passat? L'Albert va explicar que havien pujat tots junts, i que tot havia anat com la seda. Després, un dels nanos li va anar a dir que no trobaven l'Enric. Que teòricament baixava esquiant darrere d'ells, però quan van arribar a la zona plana no hi era.

—No trigarà gaire a fer-se fosc. Aleshores, si l'Enric no apareix, tindrem un problema.

Cap dels nostres companys no sabia res de la malaltia. L'Àlex es va posar fet una fúria contra els profes, i en Tom, també alterat, va dir que havien comès una negligència. La resta del grup, però, va trobar d'allò més normal que en Mitjà hagués fet una de les seves bajanades i no es van mostrar gens preocupats.

—Per culpa d'aquest burro ens haurem de quedar aquí més estona! Estic pelat de fred —es va queixar un.

—Jo estic rebentada! Vull anar a l'hotel a descansar —va dir una altra.

Ens vam reunir a l'entrada del bar, que aquell dia va fer la funció de cistella. Tot al voltant eren gruixos de neu. Sobre el terra, sobre les baranes, sobre els esglaons, sobre els vehicles, sobre els cossos d'esquiadors que entraven i sortien sense parar. Ens havíem quedat muts: cap de nosaltres tenia ganes de dir res.

Qui havia comès l'errada era l'Enric, però nosaltres ens en sentíem estranyament responsables. Vaig pensar que aquest sentiment que tots compartíem era el primer signe evident que l'Enric s'havia convertit en un dels nostres.

En aquells moments angoixants tots pensàvem en ell. Observant les cares dels meus companys de colla, vaig endevinar que cadascú tenia al seu cap únicament i exclusivament la imatge de l'Enric Mitjà. Quina tenia jo? La meva estava formada per una barreja dels enrics mitjà que havia tractat a la meva vida. Hi havia l'Enric burleta i amb poc suc quan em cridava Air Force One sabent que no m'agradava que m'ho diguessin. L'Enric despectiu amb els seus companys i amb els professors, que se'n fotia de tot i de tothom. També hi havia l'Enric superb, inflexible, distant i gens solidari. El nen atractiu que es creia superior a la resta i que menystenia tothom, els que destacaven més que ell i els vulnerables o incapaços. L'Enric que no tenia paraules amables, ni remordiments, ni misericòrdia. Al costat d'aquest Enric insofrible, però, havia anat agafant cos el nano dubtós, el que s'havia quedat parat i sense respostes quan una malaltia inesperada i insospitada l'havia sacsejat de dalt a baix. L'Enric que callava quan abans no parava de parlar; l'Enric que mirava els companys sans imaginant que el seu futur no seria com el d'ells. L'Enric poruc, l'Enric incapaç de reaccionar. L'Enric que es quedava amb la ment en blanc i que observava el món sense comprendre per què li havia tocat a ell, i que es preguntava com s'ho faria per tirar endavant i si tindria forces per fer-ho. I finalment, en la meva imatge mental d'aquell moment encara hi havia un tercer Enric. Era l'Enric a qui havia descobert mirant-me les darreres setmanes com si amb els ulls em llancés un crit d'auxili. L'Enric que implorava ajuda; l'Enric que, de manera barroera, buscava gent en qui confiar els seus temors i els seus neguits. L'Enric Mitjà sense careta que ens havia buscat a nosaltres, els seus membres odiats del seu odiat club de la cistella.

Allí érem tots, doncs, amb l'Enric al pensament i pelant-nos de fred a les portes del bar quan vam veure l'Òscar, en Tito i dos companys més que, acompanyats d'un monitor, arribaven corrents amb els esquís a les espatlles i cares de terror.

—No l'hem trobat! —cridaven—. No és enlloc!

L'Albert Carràs es va acostar al grup en sentir la cridòria. Anava acompanyat de dos monitors més, que de seguida van trucar als forestals i van donar l'alarma a la policia. La Cristina i el substitut de la Maëlle, acompanyats d'un grup d'alumnes voluntaris, havien sortit a buscar l'Enric per tot el complex amb la intenció de no deixar cap racó sense explorar.

En Tom i l'Àlex, discretament, van apropar-se al grup del monitors que s'estaven equipant per sortir a buscar l'Enric a les pistes més altes.

—Saben el problema de salut que pateix el nostre company?

—Haver-lo deixat pujar és una negligència —va insistir en Tom.

Ells van dir que sí, que el nostre tutor els havia advertit que l'Enric patia esclerosi múltiple.

—Ja li hem dit que aquestes coses s'han de dir abans. Els vostres profes n'han comès unes quantes, de negligències. La primera, portar a l'excursió un nano malalt, i la segona, no dir-nos res a nosaltres fins ara. Si li ha passat alguna cosa quan era dalt de la muntanya...

Els tres esquiadors professionals es van posar els guants i les ulleres i de seguida es van dirigir al telecadira. Nosaltres els vam veure pujar-hi amoïnats. Quedaven poques hores de llum. Quan es fes fosc, l'operació de rescat seria molt complicada.

—I si ha patit un brot? I si no pot moure's? —no deixava de preguntar-se l'Assump.

—No tindrà cap brot. Aquest matí jo mateix l'he ajudat a punxar-se —insistia l'Àlex—. Si pren la medicació, no li ha de passar res.

—És un inconscient! —es lamentava la Marga—. Ens ha fet creure que es portaria bé i ens ha enganyat. Ha actuat com sempre, com un imbècil irresponsable.

Ningú va gosar contradir-la. Ens vam quedar quiets, mirant com s'allunyaven els rescatadors en el telecadira, a dos metres de l'Albert Carràs que assistia, impotent, a aquella contrarietat que, segons com acabés, tindria repercussions en la seva vida professional.

—Ell no en té la culpa —va murmurejar l'Íker, referint-se al tutor.

La culpa, vaig pensar. No, ningú tenia la culpa de res. La vida, en tot cas, era la culpable de tot. La vida, que de vegades era injusta i ens obligava a patir. Però si no la tinguéssim, si no la patíssim, vaig pensar, seria pitjor, perquè aleshores volia dir que estaríem morts. Se'm va ocórrer que aquest pensament per força l'havia de tenir l'Enric Mitjà. Ell, en el seu estat, devia pensar-hi sovint, en això. Només hi havia la vida, encara que fos cruel, injusta i amenaçadora. L'alternativa era no tenir-ne, de vida. Els nens no hi pensem gaire, en això, però estava segura que l'Enric hi pensava sovint.

Havia volgut desafiar la vida? S'hauria exposat a perdre-la? Era tan irresponsable com havia suggerit la Marga feia un moment? Alguna cosa estranya em deia que no, que l'Enric era prou madur i prou llest per considerar que només hi havia una partida per jugar, i aquesta partida es jugava contra la vida, no contra la mort. L'Enric era el típic tio que s'atreviria a lliurar la batalla contra la vida i li plantaria cara. No me l'imaginava donant la partida per perduda abans d'hora. Per jugar-la, però, havia de perdre la por.

—La por —em vaig sentir dir en veu alta.

Tots els meus companys se'm van quedar mirant.

—Què dius? —va preguntar en Jerry.

—Que l'Enric té por. En té des que li van diagnosticar l'esclerosi. No sap com afrontar la por.

—I per això ha passat de tothom i s'ha enfilat dalt de la muntanya? Tan inconscient és?

La por que jo veia en els seus ulls des del dia que va tornar al col·le. La por de convertir-se en un nen diferent. La por que la malaltia ataqués el seu sistema motriu abans d'hora i l'impedís arribar a ser un adult. La por quan callava o mentia; quan no explicava què li passava. La por a no poder fer el que fèiem tots els altres, com ara anar d'excursió. La por a sentir-se aïllat de la resta del món.

La por quan ens buscava, a l'Àlex o a mi, per cridar-nos, en silenci, que estava mort de por. La por que el feia envejar allò que l'Àlex i jo teníem, que era una colla solidària amb la qual ens podíem enfadar sovint, però que sempre ens protegia perquè precisament ens ajudava a evitar que ens trobéssim sols. Què seria d'un nen o una nena porucs i morts de por? Què seria de la Pajarica sola? Què seria de la bèstia de la Croma sola? Què seria de l'Íker i els seus fantasmes sol?

—Penso com la Martina —va dir l'Àlex—. I sospito que l'Enric té tanta por que ni tan sols s'ha posat els esquís.

—Vols dir que no ha pujat amb els altres? En Tito i l'Òscar han assegurat que...

—No l'han vist! Anava amb ells al telecadira, però després ells han començat a esquiar i no l'han vist més. Ho veig claríssim! L'Enric no ha baixat la pista! L'Enric, quan ells s'han allunyat, ha agafat el telecadira per tornar...

—Tornar on? On és?

—No ho sé. Però ha tornat perquè estava cagat de por. Ha tornat i està perdut.

—Està esperant que l'anem a salvar —vaig afegir jo.

Ho vaig acabar de veure clar. L'Enric tenia por, estava perdut i ens exigia que el salvéssim, perquè ell tot sol es veia incapaç de fer-ho.

—*No entiendo nada, Martina* —va dir la Vanesa.

—Vo tmpoc —va fer la Brackets a través de la bufanda.

En Tom va assenyalar cap a la parada del remuntador. Si l'Enric havia tornat, hauria baixat allí i, si la meva intuïció era correcta, per allà es devia haver quedat. Feia molt de fred, i si no havia entrat al bar (cosa que no havia fet, si no la de castellà l'hauria trobat) significava que devia ser a fora, arraulit en algun lloc enmig de la neu.

—On aneu? —ens va preguntar l'Albert Carràs quan va veure que corríem esperitats cap a la parada—. Només em falta perdre més alumnes!

—No pateixis. Ara tornem —va cridar en Tom.

Córrer per la neu és difícil, i més fer-ho enmig d'un grup d'onze nanos atabalats i patosos. La Vanesa ensopegava a cada moment i la Croma l'havia de collir de terra. En Ferri es queixava de tenir els peus congelats i l'Assump, arrapada al braç d'en Jerry, deia que li sortiria la pizza del dinar per la boca.

Vam arribar a la parada del telecadira. La majoria dels suports tornaven buits, perquè ja era tard i quedaven pocs esquiadors a les pistes. Vam rastrejar l'indret sense trobar l'Enric. Quan estàvem a punt de rendir-nos, l'Íker va descobrir una petita columna de fum que sortia de darrere del tronc d'un arbre pelat que s'alçava a uns cinquanta metres d'on érem. No hi havia cap persona al voltant, només aquells troncs arrenglerats. El silenci el trencava el xerric de les politges del telecadira en funcionament.

Ens vam posar en marxa tots a la vegada, ja sense córrer. Quan vam ser vora l'arbre vam descobrir l'Enric, que estava fumant una cigarreta. Seia a terra, amb els esquís al costat. Recolzava l'esquena contra l'arbre i tenia els ulls tancats. Ens vam aturar a prop seu. L'Enric tremolava i vaig intuir que havia plorat. S'havia tret la bufanda i se l'havia posada sota el cul per no congelar-se les natges. Sense la necessitat de dir-nos res els uns als altres, tots vam avançar fins on era i ens vam anar asseient al seu costat. Ell va obrir els ulls en sentir-nos, però no va dir res. L'Àlex es va treure la seva bufanda i la va enrotllar al voltant del coll de l'Enric.

—Vols dir que et convé fumar? —li va preguntar la Marga.

—Suposo que no —va contestar ell.

—*Yo no he fumado en mi vida. Ni el día de mi fiesta de quince años fumé* —va dir la Pajarica.

—*Pues qué bien* —va fer l'Enric.

La nit començava a caure i el color blanc de la neu es feia més intens. Era com si apaguessin els llums del sostre i s'encenguessin els de terra. Estàvem tots junts, ben atapeïts els uns contra els altres, rodejant l'Enric Mitjà, que tremolava i recolzava el cap contra l'espatlla de l'Àlex. Miràvem endavant, cap al paisatge fascinant que s'obria davant dels nostres ulls.

—És realment preciós l'hivern a la muntanya —va dir la Marga.

—Tu no te m'acostis tant... —va advertir la Croma a l'Íker.

—La caloreta humana és bona, Croma —li va dir en Jerry.

—Vaig llegir que la calor que desprèn un cos humà és el sistema de calefacció més natural, sostenible i saludable. Es veu que és la temperatura justa —va dir en Pau.

—Se me'n fot. Però que aquest nen no se m'acosti tant! —va insistir la Croma.

—Saps algun acudit sobre la neu, Ferri? —va preguntar-li en Tom.

—Estic tan glaçat que no puc ni pensar...

—Va, home! —el va animar en Pau—. Tens un auditori esperant-te! Quant fa que ningú et demana per favor que expliquis un acudit?

—Demanar-li això és masoquisme pur... —va fer en Jerry.

—*¿Que es qué?* —va preguntar la Vanesa—. *¿Marroquismo? ¿Eso es algo de Marruecos?*

—*Ok, let's go!* —va dir finalment en Ferri, que va gosar parlar malgrat que li petaven les dents—. Resulta que són dos amics esquiadors que sempre es pregunten si al cel hi deu haver pistes d'esquí. Un li diu a l'altre que segur que sí, perquè al cel tot és perfecte. Quan un d'ells es mor de vell, l'altre somnia a la nit amb el seu company. «Ramon, ara que hi ets, hi ha pistes allà dalt?», i l'altre li contesta: «Sí, tio! I tinc dues notícies per donar-te, una de bona i una de dolenta». «Quina és la bona?» «Doncs que aquí dalt hi ha les millors pistes que he vist mai!» «I la dolenta?» «Que tens un forfet reservat per a demà».

Tret de la Brackets, que va deixar anar un riure curt, la resta no vam dir res. Vaig pensar que les escasses (i congelades) neurones d'en Ferri havien ficat la pota en explicar un acudit tan inapropiat precisament en aquella situació. Però de cop, inesperadament enmig del silenci, l'Enric Mitjà va esclatar en una rialla salvatge.

—Que dolent, tio! —va dir.

I aleshores, de mica en mica, els altres vam començar a riure, primer tímidament, després cada vegada més fort. Al final tots ens petàvem de riure.

Aquella imatge és la que ens va quedar per al record: dotze nens partint-se el cul de riure enmig d'un paisatge nevat mentre queia la nit sobre les pistes de Masella.

8
La festa de l'oncle

El pla era el següent:

1. *Dormir tot el matí de dissabte.*
2. *Dinar i emprovar-me la roba (la mare m'havia comprat un modelet).*
3. *Anar a ajudar la tieta Mireia i l'oncle Eusebi a decorar la sala que havien llogat per celebrar la festa.*
4. *Quedar amb en Pau i assistir a la festa de 50 anys de l'oncle.*

La planificació inicial, però, se'n va anar en orris de seguida. Algunes coses van començar a desquadrar-se el divendres, quan tornàvem de Puigcerdà. Hi va haver un accident i vam estar més d'una hora parats. Els primers quinze minuts de l'aturada obligada van ser complicats: tothom es queixava, tothom volia arribar, tothom preguntava quanta estona trigaríem a posar-nos en marxa. Els profes no tenien respostes, és clar. Van provar-ho tot. Comptant amb l'aprovació del xofer, que, resignat, es va limitar a esbufegar i dir *ok*, van suplicar a en Ferri que expliqués acudits a través del micròfon. Al cap de mitja hora, la gent es va anar calmant i la majoria es va posar a dormir amb els auriculars del mòbil entatxonats a les orelles. Ja era ben fosc. En un moment donat, l'Òscar Linares i en Tito es van apropar al lloc on seien l'Enric i l'Àlex i es van encarar amb el seu líder. Decebuts i emprenyats, li van retreure que s'hagués allunyat d'ells des del dissabte a la nit i li van preguntar per què s'estimava més anar amb els patètics de la cistella. En Tom, que seia a la fila del davant, els va dir, amb bones paraules, que tornessin al seu lloc i que deixessin l'Enric en pau. Els idiotes li van recomanar que no es fiqués on no el demanaven, i en Tom va dir que l'acabaven d'anomenar «patètic» i que, per tant, tenia dret a defensar-se. L'Enric va dir-los que estava cansat i que no tenia ganes de gresca.

—Estàs molt estrany, tio —li va dir l'Òscar—. Passes de nosaltres com de la merda. La nostra paciència té un límit. Aquest mico —va afegir, assenyalant l'Àlex amb la barbeta— t'està menjant el coco. O ells o nosaltres, tio. Només et dic això.

—Ves a la merda —va contestar-li l'Enric—. Feu el que us doni la gana. Odio la gent que em diu el que he de fer.

—Ah, molt bé —va fer l'Òscar—. No vols que et facin fer coses que no vols. Però ahir em vas obligar a fer aquella marranada fastigosa. I ho vaig fer per tu, perquè considero que ets el meu amic.

Vam suposar que la «marranada fastigosa» es referia al *tornillo* de la Brackets. Aquell matí, mentre esmorzàvem a l'alberg i ja amb el corrector dental posat, la nena ens va explicar que l'experiència no l'havia convençuda.

—No z'havia rentat lez dentz. I l'alè li feia pudor de wizki o què zé jo. Amb la llengua dinz, no podia ni rezpirar...

—Si més no ja ho has provat —va dir-li la Croma—. Ara li demanaré a l'Enric que me'n busqui un per a mi. Duré un escuradents i li faré obrir la boca. Si veig que hi ha ronya entre les dents, que primer se les netegi.

—Ai, nena, no siguis porca, que estem esmorzant —va fer l'Assump amb cara de fàstic.

Quan l'autocar es va posar en marxa i la Marga s'havia adormit al meu costat, vaig veure com la profe de castellà feia un inspecció a la part posterior del vehicle. Quan tornava pel passadís, em va veure desperta.

—Martina, t'importa seure una estoneta amb mi davant de tot? L'Albert i en Lluís s'han quedat adormits i tinc ganes de xerrar una mica.

Vam seure juntes. Em va parlar en un xiuxiueig relaxant. Si no m'hagués interessat el que em deia, segurament m'hauria endormiscat gràcies al seu to de veu, al moviment del vehicle i a la foscor absoluta rere les finestres. Abans que res, la Cristina ens volia donar les gràcies a tots els del club per com havíem gestionat el cas de l'Enric.

—Ben segur que li heu donat el que més falta li feia: un espai de protecció. Sabem com era l'Enric d'abans del diagnòstic, però no tenim ni idea de com l'ha canviat la malaltia. L'Albert va dir que a aquest ocell li faltava un niu i que la vostra colla li ha proporcionat les branquetes per fer-se'l. És una bona imatge, no trobes?

L'Enric havia estat molt tranquil des de la reunió a la neu del dissabte, quan pensàvem que s'havia extraviat. Va sopar a la nostra taula, i després va decidir no baixar a la festa de l'alberg i anar-se'n a descansar. Els profes no es van enfadar amb ell per haver-los tingut patint durant unes hores. Al contrari, van celebrar que es trobés bé, que no hagués pujat a pistes i que hagués decidit què era prioritari per a ell en la situació en la qual es trobava.

—També et volia comentar una altra qüestió, Martina —va dir la Cristina—. Sé que ets una nena, i jo la teva professora. Però ara som fora de l'escola i qui et parla és la Cristina dona, no la Cristina mestra. I la Cristina dona ha estat a punt de cometre una bestiesa, però ha frenat a temps. Potser quan siguis gran et tocarà viure una experiència similar, i és que els assumptes que toquen el cor de les persones, escolta bé el que et diré, són els que ens fan moure, els que ens marquen, els que ens guien. I aquests assumptes sentimentals que tenen a veure amb l'amor són també els que ens confonen i ens condemnen a fer bajanades de les quals més endavant ens podem penedir. O sigui, que són el millor i el pitjor que et pot passar, així tal qual i a la vegada.

Era evident que em volia parlar de la seva relació

amb el senyor Antoni, el director, i de la manera que havia començat a parlar semblava evident que la història no havia sortit bé.

—Ens vam il·lusionar. Érem dos adults, companys de feina, il·lusionats, no trobo cap altre adjectiu per descriure-ho. Però, com tota il·lusió, era una fantasia que no tocava de peus a terra. Per sort, no vam anar més enllà de l'escena que les teves amigues i tu vàreu presenciar. Jo estic sola, però l'Antoni té una dona, i se l'estima més del que em pensava, i no li vol fer mal. I ho entenc. A mi tampoc m'agradaria que me'n fessin, de mal. Tu tampoc te n'has de deixar fer mai, Martina, recorda sempre el que et dic ara.

—El senyor Antoni em va dir que t'estimava molt... —m'hi vaig sincerar.

—Sí, d'això n'estic segura. Però era un estimar d'il·lusió, com et deia abans, i quan poses en una balança el pes de la il·lusió i el pes de la realitat, sol decantar-se cap a aquest darrer costat. Ell i jo teníem la fantasia del futur, que és la que heu de tenir vosaltres, els adolescents. Viure-ho tot per primera vegada, de manera impulsiva, sense pensar en les conseqüències. Però el present i el passat tenen un llast molt important en les persones adultes. En aquest costat de la balança s'hi compta tot el que tenim, tot el que hem guanyat i, evidentment, tot el que perdríem si ens deixéssim trair per la il·lusió. És senzill d'explicar, Martina, però complicat de viure.

La Cristina va fer una pausa i es va quedar mirant la nit a través dels vidres.

—O sigui, que la relació s'ha acabat —vaig aventurar.

—Ni tan sols va començar —va fer ella—. Aquesta és la veritat. Vam seure, vam posar tot això que t'explicava damunt de la taula, i l'Antoni va entendre que era una ximpleria.

—Tu no?

—Jo també. La meva situació és més senzilla. Jo tenia més marge de maniobra, però la vida m'ha ensenyat que perdre allò que t'estimes és molt dur. I més si ets una dona. Espero que la vostra generació canviï moltes coses, i sobretot que les dones no perdem tot allò que s'ha guanyat amb els anys.

—Però perdre la il·lusió també és una manera de perdre, no? És una mica injust.

—Hi estic d'acord —va dir i després va callar—. La il·lusió no l'has de perdre mai —va afegir.

La Cristina dona va recolzar el cap contra el vidre i va tancar els ulls.

Discretament me'n vaig anar a seure al meu lloc sense dir res més.

A fora de l'escola m'hi esperaven la mare i la tieta Mireia. Em vaig acomiadar dels del club en sortir de l'autocar i de seguida vaig anar a abraçar la mare. Què hi feia la tieta allí? Havia tingut el detall de venir-me a buscar? No hauria d'estar amb l'oncle acabant d'enllestir els preparatius de la festa?

—Ens hem barallat de debò, reina —em va dir ella,

mentre caminàvem cap a casa—. Aquest cop em sembla que és definitiu.

—Quantes vegades ho has dit això? —li va preguntar la mare amb ironia.

—Ara és diferent —va insistir ella—. Li preparo la festa amb tota la il·lusió del món... m'hi deixo un munt d'hores, creu-me, i ell m'ho paga d'aquesta manera... No, per aquí no hi passo —es lamentava.

Vam arribar a casa molt tard i el pare tenia el sopar enllestit. Era evident que aquella nit la tieta la passaria a casa i dormiria a l'habitació de la Sònia, la meva germana, que no arribaria fins l'endemà.

—Ha trucat tres cops —va advertir el pare a la tieta—. Diu que ho continuarà fent tota la nit fins que no li responguis al mòbil.

—Doncs desconnecta el telèfon, Dani, perquè no tinc cap intenció de parlar-li.

—Recorda que demà teniu una festa a la qual heu convidat cinquanta persones...

—Doncs n'hi haurà quaranta-nou, perquè jo no penso anar-hi —va dir la tieta.

Jo estava morta de son i de cansament, però tot i així vaig assistir a la conversa dels grans. El problema era que l'oncle Eusebi estava cagat de por perquè feia cinquanta anys. Ja feia temps que no anava a concerts amb els de la seva colla d'abans, és clar; ni vestia aquelles caçadores de pell que duia a les fotos de jove, ni fumava porros, ni s'emborratxava amb els seus col·legues. L'oncle tenia la seva feina i la seva dona, i només de tant en tant li agafava una mena de «depressió melancòlica» (així l'anomenaven els meus pares) i es quedava abstret i divagant en solitari mentre la resta ens ho miràvem de passar bé. Aquesta vegada, però, a punt d'entrar en una nova dècada i sempre segons la tieta, l'oncle n'havia fet un gra massa.

—Ha sortit tres dies seguits entre setmana amb els cràpules de la seva colla d'abans! En Rafa i l'Albert, a qui anomenen el Led Zeppelin! Ha tornat a casa a les quatre de la matinada havent begut i fumat! L'endemà no hi havia manera de fer-lo sortir del llit i arribava tard a la feina! I s'ha apuntat a un gimnàs! L'Eusebi al gimnàs! Si semblen termes antagònics!

—Això està bé, dona —la tranquil·litzava la mare—. Anar al gimnàs és sa.

—Hi va amb un modelet del Decathlon cenyit! Si està gras i li queda de pena!

—Així sua la cansalada, dona...

—Només faltaria que conegués alguna madureta d'aquestes separades... —es queixava la tieta.

El dissabte no vaig poder dormir gaire, perquè a dos quarts de nou del matí l'oncle trucava a l'intèrfon com un boig i no va parar fins que el pare va anar a obrir. Va muntar un número mentre esmorzàvem, xisclant i exigint a la tieta que li fes costat durant la celebració. Va posar-se de genolls com a les pel·lis (les pel·lis romàntiques i cutres que li agraden a l'Assump) demanant-li perdó i deixant anar unes quantes llàgrimes. La meva germana va arribar al migdia i es va trobar tot el xou al menjador de casa.

En Pau va trucar a l'hora de dinar per anunciar que

estava al llit amb febre. S'havia constipat durant l'esquiada («maleïda la idea de seure amb l'Enric aquell vespre», va dir) i no es veia amb cor d'assistir a la festa.

—No pateixis. Encara no se sap si es farà o no —li vaig dir.

La roba que m'havia comprat la mare era horrorosa. Ella mateixa em va confessar que la tieta l'havia acompanyada a la botiga i que li havia omplert tant el cap amb la història de l'oncle que la mare no estava concentrada a l'hora de triar la roba per a mi. Per tant, quan a les dues del migdia la tieta i l'oncle es van reconciliar i van decidir que la festa sí que es faria, vaig trucar a la Marga per si em podia deixar un conjunt moníssim que tenia.

—Si no t'anés bé —va fer ella, sorneguera—, per què no n'hi demanes un a en Tom? Feu, si fa no fa, la mateixa talla. Tot i que l'estil de llatina no sé si és el que millor et quedarà per anar a la festa del teu oncle...

Durant l'esquiada, la Marga havia intentat aproximar-se al bessó i ell, avergonyit, sempre l'havia rebutjada.

—Em demanava que anéssim juntes al lavabo. O que a la nit em colés a la vostra habitació de nenes. M'ho deia en femení, Martina, i jo ja no sé què pensar. Tu li vas aclarir allò del congrés, no? Perquè juraria que va entendre una altra cosa... —em va explicar en Tom quan tornàvem amb l'autocar.

A les cinc de la tarda, quan la meva família va arribar al local de la festa per ajudar els oncles a decorar-lo, va resultar que ells no hi eren.

—Estem fent les paus —va anunciar la tieta Mireia a la mare a través del mòbil—. Aneu enganxant les garlandes i inflant els globus, si us plau. A dos quarts de set portaran el càtering i les begudes. Paga-ho tu, *please*, que ja t'ho donaré quan arribem.

—Podien «fer les paus» al vespre, no et sembla? —va remugar el meu pare amb cara d'emprenyat—. Em sentirà, el torracollons del teu cunyat!

Mentre la Sònia i jo inflàvem un cinc i un zero enormes i platejats, la mare ens va dir que li sabia greu que cap dels nostres acompanyants pogués assistir a la festa. El xicot de la meva germana treballava a Suïssa, i en Pau era al llit amb febre.

—Truqueu a qui us doni la gana i que vingui qui vulgui —va decidir el pare—. De moment, aquesta festa del dimoni l'estem patint, muntant i pagant nosaltres!

Vaig pensar que tenia raó. Vaig agafar el mòbil i vaig enviar un whatsapp al grup «Club Cistella».

Martina
Us convido a la festa del meu oncle. Comença d'aquí a dues hores

Pajarica
Puedo traer a la Yuri? Hay que vestirse de gala?

Harry
S'ha de pagar?

Jerry
Jo vinc

Assump
Jo també! Una festa! Que guai!

Tom
Jo també

Marga
Anem-hi juntes, Tom?

Brackets
Ko ranve bunc

Íker
Mola! M'hi apunto!

Ferri
Party? Where is the party? Allí me colé y en tu fiesta me planté, coca-cola para todos y algo de comer ♪♪♪

Pajarica
Hay que colarse?

Croma
Jo et colo, Pajarica! Si el segurata no ens deixa entrar li foto una cleca

Pajarica
No me llames Pajarica

Croma
Perdón Pajarica

Àlex
No hi som tots

Martina **ha afegit** *E.M.*

Agraïments de l'autor

Vull agrair a Íria Saa i a Rosa Masriera, de la Fundació Esclerosi Múltiple de Barcelona, la seva complicitat en aquesta ficció. També a en Sergi Morera, que m'ha orientat en la qüestió de l'esquiada a Masella. Però, especialment, he de donar infinites gràcies a en Ramon Panés Lara, l'experiència i actitud del qual han permès que el meu Enric sigui com és. Et desitjo tota la sort del món.

Nota de la Fundació Esclerosi Múltiple

L'*esclerosi múltiple* (EM) *infantil* és una malaltia força desconeguda i, per tant, no hi ha serveis específics per als infants i adolescents afectats. Per això, durant el 2018, la Fundació Esclerosi Múltiple va dedicar part dels fons recaptats a les campanyes al desenvolupament de projectes per a la millora de la qualitat de vida dels infants i adolescents diagnosticats d'EM. En unes trobades amb nois i noies diagnosticats, van destacar el poc coneixement de la malaltia per part dels seus companys d'institut, cosa que dona lloc a no parlar-ne, amagar-la i sentir-se estigmatitzats, amb l'elevat component d'angoixa que això provoca.

D'aquí va sortir la idea de fer un llibre per a joves perquè coneguin aquesta realitat. L'objectiu era sensibilitzar els joves sobre una malaltia invisible i força desconeguda, però que podria fer referència a qualsevol altra circumstància que et fa diferent.

L'autor del llibre és Àngel Burgas, que ja havia col·laborat amb el «Mulla't», una campanya que la Fundació fa cada estiu a les piscines de tot Catalunya per visibilitzar l'EM. Es tracta d'un escriptor de novel·la juvenil amb una llarga trajectòria amb qui, parlant del tema que ens ocupava, l'EM infantil, va tenir una gran idea: fer una novel·la que sensibilitzés els joves sobre l'esclerosi múltiple amb un personatge que tingués la malaltia. La idea encara va resultar més rodona quan ell mateix va caure en la coincidència que un dels seus personatges es deia Enric Mitjà (E.M.). D'aquí el títol que finalment té el llibre: *E.M.*

La malatia

L'esclerosi múltiple és una malaltia crònica del sistema nerviós central, de moment sense cura. També és coneguda com la malaltia de les mil cares ja que afecta de diferents maneres cada persona. Normalment es diagnostica entre els 20 i els 40 anys, tot i que un 10% dels diagnòstics és a menors de 18 anys. Els símptomes més comuns són trastorns de visió, pèrdua de sensibilitat al tacte, problemes d'equilibri o problemes per caminar.

A més, els infants amb EM poden presentar símptomes complexos com disminució de l'alerta mental, fatiga i trastorns de l'estat d'ànim, entre d'altres, que impacten en la seva vida escolar, familiar i social. Entre el 30% i el 35% dels nens i les nenes amb EM requereix suport extraescolar. La malaltia pot generar en els adolescents pors i incertesa sobre el seu futur i s'ha d'estar alerta sobre possibles estats depressius.

La Fundació

La Fundació Esclerosi Múltiple és una entitat sense ànim de lucre que treballa per aturar l'impacte de la malaltia i millorar el benestar físic, psíquic i social de les persones que conviuen amb la malaltia. Algunes de les campanyes que la Fundació impulsa per sensibilitzar i recaptar fons són el «Mulla't per l'esclerosi múltiple», el «Mou-te» o «Una Poma per la Vida». Cada any es dediquen els fons a una causa específica dintre de la problemàtica de l'esclerosi múltiple.

A més, la Fundació compta amb una xarxa de centres neurorehabilitadors a tot el territori català i ofereix serveis de formació i inserció laboral per a persones amb discapacitat física mitjançant el Centre Especial de Treball (FEMCET); també destina recursos a la recerca i treballa per millorar el coneixement de la malaltia a través de la plataforma Observatori de l'Esclerosi Múltiple.

www.observatorioesclerosismultiple.com

Més informació de la Fundació a *www.fem.es*

Agraïments

Dra. Mar Tintoré
Dra. Thaís Armangué
A tot l'equip de la Fundació Esclerosi Múltiple
Maria Climent
Ramon Panés

Àngel Burgas

(Figueres, 1965.) Se sent atret des de ben jove per la lectura, l'art i el teatre. Estudia Belles Arts a la Universitat de Barcelona. Des de llavors, resideix en aquesta ciutat, excepte durant dos anys, que es va traslladar a Berlín per estudiar a la Höchschule der Kunste (Escola Superior d'Art). Després del seu retorn, compagina l'ensenyament amb l'escriptura, tant per a joves com per a adults. A La Galera ha publicat *L'anticlub* (2002), *M.A.X.* (premi Joaquim Ruyra 2003), *El club de la cistella* (Premi Josep M. Folch i Torres 2006), *Una cançó per a Susanna* (2008), *Segon trimestre* (premi La Galera Jóvenes Lectores 2007, publicat el 2009), *Noel et busca* (2012), *L'edat del despertar* (2012) i *Dies feliços* (2015). També ha adaptat clàssics per a àlbums il·lustrats, com *Alícia i el país de meravelles* (2007) i *El cas misteriós del Dr. Jekyll i Mr. Hyde* (2007).

No et perdis les aventures
de l'anticlub i del club
de la cistella.

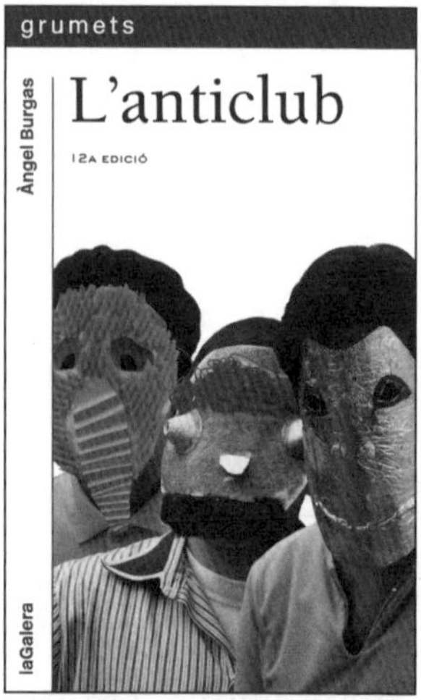